Bu Güven Miras

Geçmişin İpleri Geleceği Sarsabilir

Translated to Turkish from the English version of
The Trust Heritage

S. P. Nayak

Ukiyoto Publishing

Tüm küresel yayın hakları

Ukiyoto Publishing

2023 yılında yayınlandı

İçerik Telif Hakkı © S. P. Nayak

ISBN 9789359204734

Tüm hakları saklıdır. Bu yayının hiçbir bölümü, yayıncının önceden izni olmaksızın, elektronik, mekanik, fotokopi, kayıt veya başka bir yolla herhangi bir biçimde çoğaltılamaz, iletilemez veya bir erişim sisteminde saklanamaz.

Yazarın manevi hakları ileri sürülmüştür.

Bu bir kurgu eseridir. İsimler, karakterler, işletmeler, yerler, olaylar, mekanlar ve olaylar ya yazarın hayal gücünün ürünüdür ya da hayali bir şekilde kullanılır. Gerçek kişilere, yaşayan ya da ölülere ya da gerçek olaylara herhangi bir benzerlik tamamen tesadüfidir.

Bu kitap, yayıncının önceden izni olmaksızın, yayınlandığı tarihten başka herhangi bir bağlayıcı veya kapak biçiminde, ticari veya başka bir şekilde ödünç verilmemesi, yeniden satılmaması, kiraya verilmemesi veya başka bir şekilde dağıtılmaması koşuluyla satılır.

www.ukiyoto.com

Özveri

Sevgi dolu anısına
Babam
Geç Pt. Shri Ram Sewak Nayak

De -desi
Geç Pt. Shri Ram Dayal–Smt. Kanchan Nayak

Amca
Geç Pt. Shri Rameshwar Prasad Nayak
Geç Pt. Shri Suresh Prasad Nayak

&

Kaynata
Merhum Dr. H. N. Mishra

Teşekkür

Kutsama hazinesi hiçbir zaman tükenmeyen annem **Bayan Ramdevi Nayak'ın**, sevgisi her zaman bir ilham kaynağı olan eşim **Rolly** ve kızım **Mauli'nin**, beni her zaman destekleyen kız kardeşlerimin, kayınbiraderlerimin ve yeğenlerimin ve bana coşku ruhunu aşılayan yeğenim Shefali'nin yağdırdığı koşulsuz sevgi ve şefkate borçluluğumu ifade etmek istiyorum.

Çalışmalarıma güven gösterdiği için **Ukiyoto Yayıncılık'a** da teşekkür ederim. Takdir sözleri yazarın güvenini arttırırken, öneriler kaliteyi artırmasını sağlar. Ayrıca **Dr. Yashwant Mishra'ya** çalışma sırasında verdiği sürekli destek için şükranlarımı sunuyorum. Bu isimlerin dışında, bu eserin evrimine doğrudan veya dolaylı olarak katkıda bulunan birçok kişi vardır. Geniş ailemin her üyesine ve işyerimin personeline şükranlarımı sunmak istiyorum , **Govt. Politeknik Koleji, Nowgong**.

Ve son olarak, en az değil, büyük Hint Kültürel Gökkuşağı'nın müreffeh bir mirasına sahip olan Bundelkhand Bölgesi'nde doğduğum için kendimi şanslı görüyorum. Nowgong kasabası, Bağımsızlık Öncesi ve Sonrası dönemde tarihin çeşitli olaylarına tanıklık etmiş ve Bundelkhand'ın merkezi olmaktan bir state'nin capital'ine kadar, olayların chronolojisi boyunca taçlandırıcı ihtişamı elinde tutan merkezi biryer olarak kalmıştır. Gerçekten Bundelkhand'ın Bilinç Başkenti olarak adlandırılabilecek kasabada on yıldan fazla zaman geçirdim. Şehrin ruhunu özetleyen ihtişamı ve eşsiz canlılığı korumak için çok çalışan kasaba halkına teşekkür etmek istiyorum.

İçeriği

Yaratılış	1
Prelüd	6
Dalgalanma	11
Kimera	14
Vahiy	17
Keşif	32
Kayıp Uçları Keşfetmek	40
Vahşilerle Yüzleşmek	45
Kurtarıcı	48
Örümcek Ağlarının Temizlenmesi	56
Acemi Birliği'nde Çırpınma	60
Sahte Pas	66
Basamak Taşları	68
Labirentte Bir Kurtarıcı	72
Simyacı	80
Geçmişin Görkemi	109
Teklif Adieu	113
Geri Çekilme	116
Terminusa Ulaşmak	118
Epifani	119
Yazar Hakkında	129

Yaratılış

Haskar aniden ayağa kalktı ve başını iki elinde tuttu. Kalbi o kadar sert çarpıyordu ki, kaburgalarına çarptığını hissedebiliyordu. Bir süre hareketsiz kaldı ve sonra başını sabahın dörtte beşini gösteren saate doğru çevirdi. Yine aynı rüyayı görmüştü. Yavaşça arkasına yaslanıp hatırladı. Gözlerini kapatır kapatmaz, düşünceler treni başladı. Tüm rüya deneyimi tekrar yanıp sönmeye başladı. Her şeyi açık ve net bir şekilde hatırladı. Tamamen karanlıkta duruyordu, ta ki ufukta bir yerlerde bir ışık parıltısı titreşene kadar, kubbeleri ve zirveleri olan üç yükselen kuleye sahip büyük bir yapının siluetini ortaya çıkarana kadar. Orta kule diğer iki kuleden daha yüksekti. Binanın arka bahçesinde olduğunu ve karanlığın onu tekrar sardığını fark etti. Sonra, hemen önündeki yerden gözetleyen bir ışık parıltısı fark etti. Ona doğru ilerledi ve merdivenli bir açıklık buldu. Alt kata indi ve parıldayan altından yapılmış tonoz benzeri bir yapıya ulaştı. Yerde altın külçelerle dolu çok sayıda ahşap kutu vardı. Bir külçe alır almaz bir sarsıntı hissetti ve tüm tonoz batmaya başladı. Üst kata fırladı ve iniş merdivenine ulaştı, ancak açıklığın ondan çok uzakta olduğunu ve mesafenin giderek arttığınıfark etti. Bir deniz kabuğu kabuğunun yüksek sesi her yerde yankılandığında çığlık atmak istedi. Girişte yoğun bir ışık parlaması ortaya çıktı ve yavaş yavaş söndü. Parıltının ortasında , elinde bir parşömenle bir figür belirdi. Figürü büyükbabası olarak tanımladı. Sevinçle bağırdı , "Dada Ji!" Büyükbabasının birşeyler söylemek üzere olduğunu fark etti ve ancak o zaman uyandı. Aynı şey bu sefer de oldu.

Yirmi dört yaşlarında genç bir Adonis olan Bhaskar, küçük bir köyde doğdu, ancak babası okulunu ünlü bir yatılı okulda ayarladı. Kısa bir süre önce mezuniyet sonrası olağanüstü performansı için Altın Madalya'yı alkışlayarak tamamlamıştı. Her zaman değerli bir öğrenci olmuştu ve yeteneği her tanıdığından takdir gördü. Artık saygın bir devlet işi almak için rekabetçi sınavlara hazırlanıyordu. Bununla birlikte, yenilikçi bir şey yapmak ve kariyerini bir yazar olarak sürdürmek istedi, ancak iyi bir iş bulamazsa yeteneğinin ve zekasının işe yaramaz sayılacağını iyi biliyordu.

Orta Hindistan'ın Bundelkhand bölgesindeki bir köyün orta sınıf Brahmin ailesinden geliyordu. Babası yakın zamanda emekli olmuş bir devlet okulu öğretmeniydi ve annesi ev hanımıydı. Ailesi, dine ve dini uygulamalara köklü bir inancı olan tipik bir Brahmin ailesiydi. Hinduizm'in ideolojisini, normlarını ve değerlerini ve kırsal Hint topluluğunun ruhunu taşıyorlardı. Bu bölgedeki insanlar, her eğitimli bireyin nihai yükümlülüğünün iyi bir devlet işi almak olduğu fikrine sıkı sıkıya inanıyorlardı, ki bu da tüm eğitimin boşuna olduğu konusunda başarısız oldu.

Bölgede popüler bir deyiş vardı : *"Eğitim, bir çocuğu evden ya da tarlalardan uzaklaştırır."* Bu deyiş, eğitimin ya kişinin evinden uzakta bir yere taşınmasına neden olacağını ya da şans eseri evde kalması durumunda tarımsal işler için işe yaramaz kalacağını ifade ediyordu. Bu nedenle, birinin çocuklarını evde tutmak için, onları eğitimden uzak tutun. Eğitime devam etme kararı, ancak kazançlı bir devlet işine yol açarsa haklı olarak adlandırılabilir.

Bhaskar, işsiz geçen her yılın yetenekleri hakkında ortaya atılan soruların yoğunluğunu ağırlaştıracağını ve birkaç yıl sonra iyi bir iş bulamazsa parlaklığının yanlış propaganda olarak kabul edileceğini çok iyi biliyordu. Yetkinliği ve ilgi alanı hakkında net bir anlayışa sahip olmasına rağmen, ailesinin mali durumunun ve babasının özlemlerinin farkında olduğu için bu kavramdan sapmaya cesaret edemedi. Babasının kendisine kaliteli eğitim sağlamak için finansal yeteneklerinin çok ötesinde harcama yaptığını biliyordu. Bu nedenle, ona gerçekten yardım edebilmesinin tek yolu ona maddi olarak yardım etmekti. Normale döndüğünde, aklına bir dizi soru gelmeye başladı. Bhaskar, rüyaların normal bir faaliyet olduğunun oldukça farkındaydı, ancak tekrarlanması aklında çok sayıda soru uyandırdı. Bhaskar, büyükbabası vefat ettiğinde yaklaşık sekiz yaşındaydı ve on altı yıl sonra, büyükbabasının rüyasında görünmesi ona biraz garip geldi. "Portresi salonda sergilenmeseydi, yüzünü bile hatırlamayabilirdim," diyekendi kendine yardım etti.

Rüyanın tekrarı, onu bu konudaki ısrarsızlığından kaçınmaya zorladı. Rüya hakkında biraz endişeliydi ve nedenleri hakkında spekülasyon yapmaya başladı. Ona gelen birçok düşünceyi deneyimledi ve çoğu kasvetliydi. İzlediği veya okuduğu tüm korku, paranormal ve psiko-gerilim filmleri ve romanları onun önünde görünmeye başladı. "Kötü bir ruh etkisini gösteriyor mu? Bu paranormal bir musallat mı? Bu oneirofreni mi? Demans hastası mıyım? Dissosiyatif bir bozukluktan muzdarip miyim?" Korktu.

Aklını ve kalbini rahatsız eden korkutucu fikirlere hükmetmek için tüm rasyonel düşüncelerini topladı. Kendi kendine, rüyaların sadece beyin tarafından işlenen filtrelenmemiş bilgilerin bir sonucu olduğunu tekrarladı.

Sonra bu deneyimini babasıyla paylaşmayı düşündü. Babasının olası tepkilerini tasavvur etmeye çalıştı ve dün yaşanan olay kendisine hatırlatıldı . Bütün olay onun önünde belirmeye başladı.

Bhaskar çok heyecanlı ve mutluydu. Elinde bir mektup tutarak babasına koştu ve şöyle dedi: "Baba, makalem *Times of India*'da kabul edildi. Önümüzdeki hafta yayınlanacak. Gazetenin editörü tarafından posta yoluyla gönderilen bu mektubu yeni aldım. Makalemi çok beğendiğini ve tek bir düzeltme bile önermediğini yazdı. Bu gazetenin birçok aşamada titiz kalite kontrollerinden sonra makaleleri kabul ettiğini duymuştum, ancak ilk makalem kabul edildi. " Bhaskar hepsini tek bir nefeste söyledi.

Bhaskar'ın mutluluğu sınır tanımıyordu, ama Bhaskar'ın babası mutlu görünmüyordu. Yüzünde zorla bir gülümseme belirdi ve "İyi" dedi. Babamın soğuk tepkisi coşkusunun buharlaşmasına neden oldu.

Babam onun ruh halini hissetti ve ölçülü bir sesle, "Oğlum, hayatın boyunca makale yazmak için yeterli zamanın olacak. Ama bu altın zaman asla geri gelmeyecek. Şimdi tüm bu işe yaramaz zaman katillerini bırakın ve kariyerinizi şekillendirmeye odaklanın. Kamu Hizmetleri sınavı için neredeyse dört ay kaldı. Sınavı bir kez kırdığınızda, hayat iyileşecektir - hem sizin hem de bizim. Maddi sıkıntılarımızı çok iyi biliyorsunuz. Bir metrodaki eğitiminizin masraflarını nasıl karşıladım? Ablalarınızın evliliğinin ve ondan önce küçük kız kardeşlerimin evliliğinin ve iki küçük erkek kardeşimin eğitiminin masraflarını nasıl karşıladım? Bu olaylar büyük masraflar gerektiriyordu ve sahip olduğum tek gelir kaynağı bir okul öğretmeninin maaşıydı. Babam ne mal, ne para bıraktı. Babamdan sadece kitap yığınları miras aldım. Herhangi bir mülküm veya banka bakiyem yok. Yine de, kız kardeşinizin evliliği için ödünç aldığım kişisel ve oto kredilerden yaklaşık on üç lakh'lık bir miktar ödenmemiştir. Bu, emeklilik yardımlarım olarak aldığım her kuruşu aidatlarıma karşı ödediğim zamandı. Tüm bunları emekli maaşım olarak aldığım küçük miktarla nasıl yönettiğimi sadece ben biliyorum. Emekli maaşı için bir hüküm olması Allah'ın rahmidir, bu yüzden ailenin durumu kamuya açıklanmadı." Bir süre durakladı.

Şöyle devam etti: "Emekli maaşı orada olmasaydı, açlıktan ölürdük. Yani, sizden güç ve para sunan bir iş bulmanız beklenir. Geleceğinizi güvence altına almanın ve son günlerimizi kolaylaştırmanın tek yolu budur. Hiç annene baktın mı? Kırk yıl içinde ona altın bilezik alamadım. Annen de tüm arzularını boğdu. Böyle bir durumda, sınavı kırmayı makale yazmaya tercih etmeniz gerektiğini düşünmüyor musunuz? Mutluluğumuzun anahtarı sınavdaki performansınızda yatmaktadır. Yoksulluk, kişinin iradesini, hobilerini ve arzularını yiyip bitiren bir kara deliktir. Varlıklı bir aile olsaydık, hayatınızı makaleler ve hikayeler yazarak memnuniyetinizi arayarak geçirebilirdiniz, ancak ailemiz bunu karşılayamaz. "

Babamın uzun konuşması Bhaskar'ı dokuzuncu buluttan yere taşıdı. Ağır adımlarla odasına geri döndü. Odasına ulaştı ve çalışma sandalyesine oturdu. Gazete editörünün makalesinin yayına kabul edildiğine dair mektubunu içeren zarf hala masanın üzerinde duruyordu.

Zarfı ve mektubu küçük parçalara ayırdı ve çöp kutusuna attı. Hayal kırıklığı, öfke ve kasvet yüzünden nefes nefese kalıyordu. Birdenbire gözleri masasındaki kitap yığınına dayandı ve babasının büyükbabasının vasiyeti hakkındaki öğütleri kulaklarında yankılanmaya başladı, *"Babamdan sadece kitap yığınları miras aldım."*

Tüm olayı tekrar yaşadı ve babasıyla yaptığı konuşmanın tekrarı onu tekrar sıkıntı ve kasvetli bir sıkıntıyla doldurdu. Rüya deneyimini babasıyla paylaşmanın benzer başka bir olayla sonuçlanabileceğini fark etti. Bu yüzden, rüyayı ailesiyle paylaşma fikrini reddetti. Annesinin sesini alana kadar düşünmeye devam etti, "Bhaskar, kalk, saat çoktan yedi! Çay hazır." Annesinin sesi onu gerçek dünyaya taşıdı ve iki saatten fazla bir süredir bir düşünce ağına karıştığını fark etti.

Prelüd

Haskar'ın büyükbabasının odasından belirli bir şey aramak için herhangi bir planı yoktu, ancak net bir nedeni olmamasına rağmen, oraya gitmek için bir dürtü hissetti. Kapıyı açtı ve odaya girdi. Her tarafına baktı. Oda düzenli olarak temizlendiği ve her Diwali'yi beyazlattığı için zemin, duvarlar ve çatı temizdi. Her tarafı kitaplarla dolu olan odada bir tür kadife yaşadı. Odada, otuz inç kalınlığındaki duvarlar içinde üçlü bir set halinde yapılmış birçok yerleşik raf vardı. Bir raf seti ahşap panellerle çerçevelenmişti ve sağlam bir haspın zımbasına küçük bir pirinç kilit asılıydı.

Açık raflar, çatı katı ve raflar çeşitli boyutlarda kitaplarla doluydu ve sarımsı renklerinin kendisi yaşlarını ifade ediyordu. Raflardaki kitaplar istiflenirken, çatı katındaki kitaplar istiflenmişti. İki ahşap kutu ile birlikte çatı katına yerleştirilmiş bez çarşaflarla bağlanmış bazı demetler vardı. Kutuların rüyasında görünen kutulara neredeyse benzemesine şaşırdı. Kutulara uzun süre baktı ve sonra neredeyse tüm ahşap kutuların benzer göründüğünü ve bu nedenle üzerinde düşünmek için güçlü bir noktaolmadığını fark etti.

Lord Vishnu ve Tanrıça Laxmi'nin bir resmi vardı, duvarda "Shri Laxmi Narayan" başlığı asılıydı. Resim ve kitaplardaki toz birikintileri, odanın kullanımda olmadığını ve her alternatif günde sadece temizlik ritüeli için açıldığını iletti. Bhaskar bir rafın yakınına ulaştı ve büyükbabasının ölümünden bu yana bu rafların dokunulmadan kaldığını ve hiç kimsenin kitaplara bakmakla bile ilgilenmediğinifark etti. O da yıllar sonra bu odaya girmişti.

Yığınlardan birer birer kitap çizdi ve sayfaları çevirmeye başladı. Birkaç yığının kitaplarına göz attıktan sonra, kitapların

Astroloji veya Vedik Matematik ile ilgili olduğunu anladı. Kitapların çoğu Sanskritçe olduğu için onun için anlaşılır değildi. Çok az kitap o kadar eskiydi ki, sayfalar sadece çevirme girişimiyle parçalandı. Sonra bir sonraki rafa geçti ve yeni bir yığından kitaplara göz atmaya başladı. Kitaplara göz atmaya devam etti ve rafı taradıktan sonra, birkaç başlık ve yazarın isimlerine aşina olduğu için bu koleksiyonun Ayurveda'ya adanmış olduğunu fark etti.

Birdenbire babası odaya girdi ve ona sordu, "Bir şey mi arıyorsun oğlum?"

"Hayır, aslında değil, Dada Ji'nin öğrenmek için kullandığı konular hakkında bir fikir edinmeye çalışıyorum," diye yanıtladı Bhaskar, hızlıca bir telaşı yönettikten sonra.

Babasının yüzünde bir gülümseme belirdi ve sonra ortadan kayboldu. Bhaskar'a yürüdü, elini omzuna koydu ve şöyle dedi, "Evet, Dada Ji'niz büyük bir bilgindi, ama uygulamasının her alanında usta olmasına rağmen, son nefesine kadar bir öğrenci olarak kaldı. İnsanlar ona 'Acharya Ji' derlerdi. ' Ayurveda ve Vedik Kimya hakkında olağanüstü bilgiye sahip bir 'Rasvaidya Shastri', parlak bir astrolog, dahi bir matematikçi ve büyük bir Sanskritçe bilginiydi.[1] Bu alanlarda o kadar yüksek bir statüye ulaştı ki, zamanının en ünlü isimleri karmaşık konularda fikrini almak için ona gelirdi. Diğer alimler tarafından kendisine 'Vaidya Ratnakara'[2] diye hitap edildi. AyurvedaTıbbınıbir meslek olarak uyguladı. Hayatı boyunca şöhret ve isimden vazgeçti ve ilgi odağından uzak durmak için tüm önlemleri aldı. Amacı sadece bilgi edinmekti. Zenginlik ya da maddi bir kazanım için herhangi bir hayranlığı yoktu. Hastaları ziyaret etmek için gidip geleceği yakındaki köyler bölgesinde bir

---

[1] Ayurveda'da metal/ mineral kökenli ilaçların usta uygulayıcısı
[2] Alandaki olağanüstü katkılarından dolayı bir Ayurveda uygulayıcısına verilen onursal bir unvan

Vaidya olarak çok popülerdi. Çok az insan onun bir Simyacı olduğuna inanıyor."

Bhaskar şaşkınlıkla bağırdı, "Simyacı! Baba, Simyacı mı dedin?"

Babam kuru bir gülümsemeyle konuştu ve "Evet, birçok insan onun bir Simyacı olduğuna inanıyordu" dedi.

Bhaskar'ın yüzü kafa karışıklığı ve tuhaflık duygularını yansıtıyordu. Dedi ki: "İnsanların inancı ile ne kastedilmektedir? Bilmiyor muydunuz? Simyacı olmak nadir başarıların en nadiridir."

Babamın yüzünde bir melankoli belirtisi vardı ve bu duyguları bir gülümsemeyle örtmek için gösterilen tüm çabalar işe yaramaz hale geldi. Dedi ki, "Onun bir Simyacı olduğunu düşünüyorum. Entelektüel ve ruhsal boyundaki bir adam için, Simya hakkında derin bilgiye sahip olmak sürpriz değildi. Ama kendisi bunu ne kabul etti ne de inkar etti."

Bhaskar'ın yüzünde karışık bir şaşkınlık ve sevinç ifadesi belirdi . Babasına sordu: "Baba, neden bunları ondan öğrenmeye çalışmadın?"

Bhaskar'ın sorusu ifadelerine tekrar bir sıkıntı ve sefalet tonu getirdi. Alçak sesle, "Üç erkek ve iki kız kardeşin en büyüğüydüm, bu yüzden büyükannem ve ailem de dahil olmak üzere sekiz kişilik bir aileydik. Ailenin ihtiyaçlarını karşılamak için tek bir finansal kaynak vardı ve bu babamın Ayurveda Tıbbı uygulamasıydı. Kazancının büyük bir kısmı, Ayurveda araştırması için gerekli olan materyalin satın alınmasına ve öğretmek için kullandığı öğrencilerin hayırseverliğine harcandı. Bizim için kalan miktar, her iki ucumuzu da karşılamak için yeterli değildi. Bu yüzden, hayatımın başlarında, küçük kardeşlerime temel olanaklar sağlamak ve kız kardeşlerimin düğününü ayarlamak için farklı bir meslek seçmem gerektiğini fark ettim. Sık sık, babam Ayurveda'yı öğrenmeye ilgi duymadığım için beni azarlardı. Ancak Ayurvedapratiğininbir ailenin temel ihtiyaçlarını karşılayamayacağını, özellikle de yoksulluk içindeki kitlelerin bulunduğu bu bölgede fark etmiştim. Ülke bağımsızlığını kazandığında yedi yaşındaydım. Fakat bizim için hiçbir şey değişmedi ve Jagir sistemi otuz yıldan fazla bir süre yürürlükte kaldı. Bir devlet okulunda örgün okul eğitimine gitmeye karar verdim. O zamanlar köyümüzde sadece bir ilkokul vardı ve en yakın ortaokul on bir mil uzaktaydı. Orada bir hostel tesisi almam gerektiği anlamına geliyordu. Yatılı tesisin maliyeti ve kantin ücretleri bugün ihmal edilebilir gibi görünebilir, ancak benim için büyük bir zorluktu. Bu bölgenin o zamanki baş hükümdarının oğlu benim sınıf arkadaşımdı. Çok iyi bir arkadaşıma dönüştü. O kadar varlıklı bir aileden geliyordu ki, günlük harçlığı aylık harcamalarım için gereken miktarın iki katından fazlaydı. Ona çalışmalarında yardımcı olurdum ve pansiyon ücretimi öderdi. Tüm zorluklara rağmen, orta öğretimi bir şekilde tamamladım ve ilkokul öğretmeni olarak devlet işi aldım. Maaş olarak alınan küçük miktar, küçük kardeşlerime iyi eğitim vermek ve kız kardeşlerimin evlilikleri için gerekli düzenlemeleri yapmak için yeterliydi."

Derin bir nefes aldı ve devam etti, "İki seçeneğim vardı. Ya babamın yaşam tarzını takip etmek, yani bilgiye ulaşmak ve yoksulluk hayatını sürdürmek, ya da vasat davranarak ve ailenin temel ihtiyaçlarını karşılayarak biraz para kazanmak. Bilgi açlığı doyuramaz ve daha büyük ironiye bakamaz – aç karnına elde edilemez." Sesi pişmanlıkla doluydu.

Bhaskar, babasının yaşadığı iç çekişmeyi anlayabiliyordu. Dedi ki, "Baba, seni ya da kararını suçlamıyorum. Tüm sorumluluklarınızı çok iyi yerine getirdiğinizi biliyorum. Senin yerinde biri olsaydı, o da aynı şeyi yapardı."

Bhaskar bir süre duraksadı ve sonra sordu, "Ailenin mali durumunu onunla hiç tartıştın mı?"

Babam dedi ki, "O bir fedakârdı. Hiçbir zaman paraya ihtiyaç duymadı ve ailesinin de benzer bir yaşam tarzını benimsemesini bekledi. Bir keresinde, ondan Ayurveda deneylerine ve öğrencilerinin hayır işlerine para harcamayı bırakmasını istedim, böylece biraz para biriktirilebilir ve biriktirilebilirdi. Önce güldü ve sonra birikimin çok iyi bir uygulama olduğu konusunda hemfikirdi. Ama bana para biriktirmeyi düşünmememi, bilgi biriktirmeyi hedeflememi tavsiye etti." Babam nefes nefese kalıyordu.

Bir duraksama yaptı, nefesini kontrol etti ve iç çekerek, "Eski yaralar iyileşebilir ama çoğu zaman acı vermeye devam ederler" dedi.

Bhaskar, konuşmayı şimdilik bitirmenin daha iyi olacağınıfark etti. Bu yüzden, "Zaten birin yarısını geçti, bu yüzden öğle yemeği yiyelim, anne bekliyor olmalı" dedi. Babasını odadan çıkardı ve kapıyı dışarıdan kilitledi.

Dalgalanma

Bhaskar sandalyede oturuyordu, bacakları yatağa gerilmişti ve gözleri çatıya bakıyordu. Özetle, duruşu yatar koltukta dinlenen bir insanınkine benziyordu, ama zihni hiçbir şekilde rahat değildi. Bir düşünce fırtınası onun tüm varlığını sarsıyordu, çünkü rüyanın tekrarı içsel durumunu çalkantılı hale getirmişti. Hiçbir şeye konsantre olamadı. Rasyonel ve iyi eğitimli bir gençti, ancak düşünceleri irade gücünü aşırı bir sıkıntıya sokuyordu. Uzun süre pozisyonda kaldı ve sonra hemen ayağa kalktı. Yüz ifadeleri bazı kararların göstergesiydi. Odasından çıktı ve doğruca büyükbabasının odasına doğru yürüdü.

Bhaskar, herhangi bir ses çıkarmamak için odanın kapısını biraz dikkatle açtı. Lord Vishnu ve Tanrıça Laxmi'nin resmine baktı ve sonra fısıldadı, "Tanrım, sen her yerde hazır ve her şeyi bilensin. Lütfen her şeyi bildiğiniz için bu bulmacayı çözmeme yardım edin. Rüyaların, düşüncelerimizin kaleyoskopik sunumundan başka bir şey olmadığını iyi biliyorum. Birisi bana benzer bir durumu aktarsaydı, saçmalıkları unutmasını önerir ve ona gülerdi. Bütün bunların farkında olmama rağmen, bu rüyayı neden bu kadar ciddiye aldığımı bilmiyorum. Gerçekten tüm bu düşünceleri zihnimden silmek istiyorum ama kendimi bunu yapamıyor buluyorum. Rüya bir kaprise dönüştü. Ey Tanrım, lütfen bana yardım et."

Sonra odanın her tarafına baktı. Almirah kilitliydi ve raflarda istiflenmiş tüm kitaplar zaten onun tarafından incelenmişti. Dikkatini çatı katına odakladı. Hızla odadan çıktı ve bir sandalyeyle geri döndü. Sandalyede durdu ve şimdi çatı katındaki nesneler ona yaklaşabiliyordu. Bir bohçayı sürükledi, aşağı indirdi ve bankın üzerine koydu. Tozunu almaya çalıştı ama eyleminin tüm odayı tozla doldurabileceğinifark etti. Böylece, demetin düğümlerini çok dikkatli bir şekilde çözmeye başladı. Dış kumaşın bağını çözdükten sonra, içinde başka bir bez olduğunu gördü. Onu da çözdü ve bu giysilerin dört köşesini nazikçe yaydı. İçinde birkaç kitap, defter ve gevşek sayfalar vardı. Bunun dışında içinde küçük bir deri çanta da vardı. Deri çanta tek cepliydi ve bazı kayıtlı postaların çok eski bir onay fişini içeriyordu. Gevşek sayfalar, belki de astronomi hakkında, Sanskritçe yazılmış diyagramlar içeren el yazısı notlar içeriyordu. Kitaplar da astronomi ile ilgiliydi. Bhaskar bohçayı daha önce yapıldığı gibi bağladı ve tekrar çatı katına yerleştirdi.

Sonra tahta kutulardan birini aldı ve açtı. Kutular ince tik ağacından yapılmış ve çok iyi bir yapı kalitesine sahipti. Kutuların güzel oyulmuş kenarları vardı ve ön panelde çekici bir gravürle "Shri Laxmi Narayan" dan bahsedildi. Kutu, tanımlamadığı bir somunun açık kabuklarıyla doluydu. Bir kabuk aldı, cebinde tuttu ve sonra kutuyu tekrar yerine koydu. Daha sonra, on dört büyük boy toprak lamba içeren çatı katına yerleştirilmiş diğer ahşap kutuyu açtı. Bhaskar bu kutuyu da yerine geri koydu. Çatı katında kil dolu plastik bir çuval da vardı. Şimdi, kilitli almirah'tan başka tüm odada kontrol edilmemiş ve doğrulanmamış hiçbir şey kalmamıştı. Bhaskar son derece hayal kırıklığına uğramıştı, çünkü çok az önemi olan tek bir şey bile fark etmemişti.

Bhaskar, kulaklarının arkasından aşağı doğru yuvarlanan ter damlalarını hissetti. İki saat boyunca bütün bunları kaldırıp yerleştirme işi onu da bitkin bırakmıştı. Sıkıntı ve yorgunluk kokteyli sinir bozucu bir şaşkınlıkla sonuçlandı ve bir tür sinir bozucu öfke hissetti. Yumruğuyla duvara defalarca vurdu. Odadan çıktı ve oturma odasına koştu.

Büyükbabasının portresinin önünde durdu ve fotoğrafabaktı. Şaşkınlık içinde, fotoğrafla konuşmaya başladı. "Dada Ji, gülümsüyorsun. Durumuma gülümsüyor musun yoksa gülüyor musun? Beni küçültücü bilişsel yeteneklerimin farkınavarmak ister misin? Aklımı bir teste tabi tutuyor musun? Sorunuzun benim olağan kavrayışımla kavranamayacak kadar uzlaştırıcı olduğunu kabul etmekte hiç tereddüt etmiyorum. Dilinizi anlayamıyorum. Bana bir şey söylemek istiyorsanız, lütfen biraz daha netleştirin. Gerçek ve kurgu olarak eşit derecede ele alınabilen bu bağlamın baskısıyla başa çıkamıyorum. İnanç ve akıl, kalp ve zihin, geçmiş ve gelecek arasında seçim yapma konusunda kafam karışık. İrademi kaybettim. Bana yardım eder misin?"

Bu arada, Bhaskar'ın annesi onu avluya doğru açılan pencereden bunu yaparken gözlemledi. Bhaskar'ın sırtına bakarken , Bhaskar onu fark etmedi. Korktu ve aceleyle kocasını olay yerine getirdi. İkisi de çok endişeli ve gergin oldular. Birdenbire oğullarına ne olduğunu anlayamadılar.

Öte yandan, ebeveynlerinin durumundan tamamen habersiz olan Bhaskar , büyükbabasıyla konuşmaya devam etti ve sonra gözleri kapalı bir şekilde kanepeye uzandı.

Kimera

Haskar'ın babası bir sandalyede otururken, annesi evinin avlusundaki alçak yükseklikte bir taburede oturuyordu ve Bhaskar terasa giden tek yolu yapan uçuşun üçüncü merdiveninde oturuyordu. Bhaskar, mahkemeye çıkan bir hükümlü gibi hissetti.

Konutları, düz çatı hatları, asimetrik olarak konumlandırılmış pencere ve kapıları, raysız merdivenleri, geniş alana sahip merkezi bir konuma sahip avlusu ve düz çimento zemini olan geleneksel bir köy eviydi. Evin yapımında simetrinin olmaması, evin parçalar halinde ve birden fazla aşamada inşa edildiğini yansıtıyordu.

Ebeveynlerin yüzleri derin bir huzursuzluğu yansıtırken, Bhaskar korkunç bir karmaşaya yol açan talihsizliği için tövbe ediyordu. Ailesini oldukça iyi olduğuna ikna etmeye çalışmıştı ve portreyle konuşmak, tekrarlayan rüyanın peşindengittiği kendi sinir bozucu sıkıntısının sadece bir jestiydi. Rüya deneyiminin açığa çıkmasının durumu daha da kötüleştirip kötüleştirmeyeceği hakkında hiçbir fikri yoktu. Ama bu oldu ve Bhaskar buna annesinin gözlerinden ve babasının tedirgin yüzünden akan yaşlar şeklinde tanık oldu.

Bhaskar'ın annesi, yirminci yüzyılın ortalarındaki Hint kırsal kadın sınıfını mükemmel bir şekilde temsil eden, Tanrı'ya sıkı sıkıya inanan ve sadece dini uygulamaları takip etmekle kalmayıp aynı zamanda batıl inançlara, büyücülüğe, büyüye ve ruhlara da inanan muhafazakar bir kadındı. Bhaskar'ın rüyasını öğrenir öğrenmez çok gerginleşti. Gözlerini kapattı ve katlanmış elleriyle Tanrı'ya dua etmeye başladı. "Ya Rab, oğlumu koru, onu kötü gölgeden kurtar. Eğer bir hata yaptıysak, o zaman bizi affedin ve eğer hata kabul edilemezse, o zaman oğlumun payının cezasını bana verin."

Karısının sözlerini dinledikten sonra, Bay Dixit biraz sinirlenerek, "Şimdi saçmalıklarınız başladı" dedi. Ama hiçbir şey dinlemeye hazır değildi. Ona kaşlarını çattı ve şöyle dedi, "Bütün bu saçmalıkları düşünüyorsun. Tanrı'nın adını saçma buluyorsunuz. Neden bu rüyayı tekrar tekrar gördüğünü anlamıyorsunuz. Salondaki tepkisini görmediniz mi? Bazı kötü ruhlardan kaynaklanmaktadır. Bir insanın bedenine sahip olan ve kişinin ruhun istediği her şeyi yapmasını sağlayan kötü ruhlar vardır."

Bay Dixit, şimdi sakin bir sesle, "Bu batıl inançlı ve mantıksız hikayeleri de duydum. Kayınpederini benden çok daha iyi tanıyorsun. Sen onun favorisiydin ve sana kızı gibi davrandı. Onun ruhsal ve entelektüel seviyesinin farkındasınız. Bu yanlış anlatıların doğru olduğunu düşünsek bile, herhangi bir kötü ruh, bir rüyada bile şeklini alabilecek kadar güçlü olabilir mi? Anlat. Buna inanabiliyor musunuz? Bu nedenle, paranormal tutulum görüşünüzü unutun. Bazen, bir şey bilinçaltı hafızamızda o kadar derine iner ki, kolayca ortaya çıkmaz. Sonra beynimizin diğer düşünceleriyle karışarak rüyalarımızda yeni bir formda ortaya çıkar. Bir psikiyatrist bununla çok kolay başa çıkabilir."

Ama Bayan Dixit hiçbir şey dinlemeye hazır değildi, "Ne düşünürsen düşün, bunun için kavga etmeyeceğim, ama oğlumu yarın Baba Mağarası'na götüreceğim. Oğlumu şimdi bu krizden ancak o kurtarabilir. O mucizevidir. Binlerce kişilik bir kalabalığın içinden bir kişiyi ismiyle çağırır, konuşmadan önce bile aklını bilir. Birazdan her şeyi anlayacak ve elini Bhaskar'ın kafasına koyduğunda tüm sorun sona erecek."

Bay Dixit biraz alaycı bir ses tonuyla, "Baba Mağarası'nın seni beklerken bulunacağını mı sanıyorsun? Her zaman binlerce kişilik bir kalabalık vardır ve siz oraya varır varmaz Baba Ji'yle tanışabilecek bir Bakanın veya bir Parlamento Üyesinin veya bir MLA'nın veya yüksek rütbeli bir subayın karısı ya da annesi değilsiniz. Oraya coşkuyla gideceksin ama kalabalıktan yaralandıktan sonra geri döneceksin."

Bayan Dixit'in yüzünde çaresizlik ifadeleri vardı, ama aniden Dunkirk ruhu sergiledi ve "Ne olursa olsun, Bhaskar'ı Baba Ji'ye götüreceğim. O her şeyi bilir ve durumumuzu hissedecektir. Bizi mutlaka arayacaktır. Baba Ji ile tanışana kadar, haftalar ya da aylar sürse de geri dönmeyeceğim."

Bhaskar'ın babası gözlüklerini çıkardı. Yüzü görünüşe göre karısının kararına isteksizce teslim olma duygularını ifade ediyordu.

Bhaskar,kimsenin annesini Baba Mağarası'nı ziyaret etme fikrinden vazgeçmeye ikna edemeyeceğini fark etti. Ayağa kalktı ve aniden somunun kabuğunun cebinde yattığını hissetti, bu yüzden kabuğunu çıkardı ve avluya attı.

Annesi o somunu görür görmez, "Neden bu ritha parçasını cebinde tutuyorsun?" dedi.

Bhaskar dedi ki, "Yani bu ritha mı? Soapberry? Sana bu kabuğun ne olduğunu sormak istedim." Bhaskar,ailesi onun sınav davranışı üzerinde düşünürken merhaba odasına gitti.

Vahiy

Haskar ve ailesi tam Baba Mağarası'nın ashramına varmak üzereyken yolun ortasında barikatlar gördüler. İki polismemuru, aracın sağa dönmesini belirtti. Bay Dixit sürücüye baktı ve "Belki de bir kaza olmuştur" dedi. Şoför güldü ve "Hayır efendim, buraya ilk defa gelmiş gibi görünüyorsunuz. Bu noktanın ötesinde araçlara izin verilmiyor ve birinin yürüyerek daha ileri gitmesi gerekiyor." Bay Dixit dışarıya baktı ve birkaç hektarlık alanın park alanına dönüştürüldüğünü fark etti. Yüzlerce araç yere park edildi. Aile arabayı park alanında bıraktı ve birshram'a doğru yürüdü.

Yol boyunca her iki tarafta da ibadetle ilgili eşyalar, dini kitaplar, tatlılar satan dükkanlar vardı ve bazı küçük restoranlar da vardı. Hemen hemen tüm konutların duvarlarında "ODALAR MEVCUT" panoları vardı. Genel olarak, Orta Hindistan'ın Bundelkhand bölgesinin uzak bölgesinde bulunan bu küçük köy gençleştirildi ve ticari bir bölgeye dönüştürüldü.

Onlarla birlikte yürüyen bir beyefendi onlara, bu köyde inşa edilen evlerin ve dükkanların kirasının, metro şehirlerindeki en önemli yerlerinkiyle eşit olduğunu ve arazi fiyatlarının o kadar fahiş olduğunu ve sadece Tatas, Birlas veya Ambanis'in orada bir parça toprak satın almayı düşünebileceğini söyledi.

Bir mil yürüdükten sonra, aile hiç kalabalık olmayan birshram'ın ana kapısına ulaştı. Bay Dixit, bugün ziyaret edenlerin sayısı daha az olduğuiçin bugün gelme kararının tesadüfen doğru olduğunu ve bu nedenle Baba'nın darshanına sahip olmalarının daha kolay olacağını fark ederek biraz huzur hissetti. Ashramın ana kapısı kapalıydı, ancak koyu, gri renkli üniformalar giyen güvenlik görevlilerinin konuşlandırıldığı küçük bir yan kapı açıktı.

Bay Dixit, içeri girmek için kapıdan içeri girmeye çalışmıştı ki, gardiyan onu durdurdu ve "Geçidi göster" dedi.

Bay Dixit biraz şok oldu ve "Geç, ne tür bir geçiş?" dedi.

Gardiyan güldü ve "Amca, buraya ilk kez mi geldin? Önce Ziyaretçi Kanadı'na gidin ve kayıt yaptırın, sonra İdari Kanad'a gidin ve kartı verin. O zaman buraya geliyorsun. Sadece bir geçiş kartı verildikten sonra, içeri girmene izin verilecek."

Bay Dixit'in kalbi battı ve ağır bir kalple gardiyana sordu, "Ziyaretçi Kanadı nerede?"

Gardiyan biraz sinirlenerek, "Okuma yazma bilmiyor musun? Alan haritaları birçok yerde belirgin bir şekilde görüntülenir. Bunlardan birine bir göz atın, her şeyi bileceksiniz. Şimdi uzaklaşın ve yolu tıkamayın."

Bhaskar konuşmayı dinliyordu. Muhafızın kabalığına sinirlendi ve gardiyanı azarlamak istedi, ama Bay Dixit elini tutarak onu sürükledi. Ziyaretçilerin kanadına doğru yöneldiler ve orada uzun bir kuyruk buldular. Onlar da sonunda sıraya girdiler ve iki saat sonra Bhaskar ailesini kaydettirdi. Daha sonra, nispeten daha az kalabalık olan idari kanada geçtiler ve kuyruk da kısaydı. Yarım saat içinde geçişleri aldılar.

Sonunda, Dixit ailesi ashram'a girdi. Hepsi kapıyı geçtikten hemen sonra bir metal dedektöründen geçmek zorunda kaldılar. Daha sonra geçit boyunca her iki tarafta mehndi çitleri ve güzel lamba direkleri bulunan geniş bir çimentolu yola ulaştılar.

Ashram'ın ihtişamına bakarak, Bhaskar şöyle dedi: "Baba Ji'nin bir mağarada yaşıyor olmasını bekliyordum ve oraya kaygan ıslak kayalardan, ayak altında çatırdayan dallardan geçerek ve hayvan dışkısı ve durgun su kokusunu deneyimleyerek ulaşacağımızı varsaydım. Ama buraya geldiğimizde, ya beş yıldızlı bir otele ya da çok uluslu bir şirketin merkez ofisine ulaşmış gibi hissediyoruz ."

Bunu duyan Bayan Dixit, sessiz kalmak için bir işaret olarak Bhaskar'a kaşlarını çattı. Ancak o zaman, Bay Dixit, "Şimdi tüm Babalar milyarder, uçakla seyahat ediyorlar, elit sınıf araba filoları var, Ray Ban gözlükleri takıyorlar ve Mont Blanc ve Armani gibi markaların aksesuarlarını kullanıyorlar. Sanırım çok yakında tüm ashramları borsada listelenecek."

Bayan Dixit durdu, öfkeyle ona doğru döndü ve "Sen de! O bir çocuk, ama biraz kısıtlama uygulamalısın." Bay Dixit alkışlandı.

Yaklaşık yüz metre yürüdükten sonra, önünde ortasında büyük bir çeşme bulunan dairesel bir şekilde güzel bir bahçenin geliştirildiği saray binasının büyük girişine ulaştılar. Binaya girdiler ve yüzlerce insanın zaten oturduğu iyi donanımlı büyük bir salona ulaştılar. Ashram'ın gönüllüleri buraya kadar gidiyorlardı ve adanmışları düzgün bir şekilde oturtmak için onlara yardım ediyor ve onları yönetiyorlardı. Alan hızla doluyordu. Bhaskar, ailesiyle birlikte boş bir alana yerleştirildi. Yaklaşık bir buçuk saat bekledikten sonra, hoparlörde Baba Ji'nin yakında gelmek üzere olduğuna dair tatlı bir ses yankılandı ve Baba Ji bir dakika içinde geldi.

Baba Ji'nin yaşı otuz beşin üzerinde değildi. Yüzünde geniş bir gülümsemeyle renkli bir elbise içinde belirdi. Görünüşü çekici ve etkileyiciydi. Baba Ji, ünlü olduğu tipik mistik sürecine başladı. Kalabalıktan rastgele bir adanmış seçti ve onu sahneye çağırdı. Bir şey söyleyemeden önce, bir kağıda bir şeyler yazdı ve sonra kağıdı ters çevirdi. Sonra o adanmıştan, Baba Ji tarafından çözülmesini istediği sorunları halka sesleniş sistemindeki herkese anlatmasını istedi. Bundan sonra, Baba Ji daha önce yazmış olduğu kağıdı gösterdi ve yüksek sesle okudu. Şaşırtıcı bir şekilde, makale, önerilen çözümlerle birlikte, adanmışlar tarafından tam olarak paylaşılan tüm sorunların sözünü içeriyordu.

Tüm kalabalık Baba Ji ve onun mucizevi güçleri için tezahürat yapmaya başladı. Bu süreç yaklaşık üç saat sürdü, ama Baba Ji, Dixit ailesinin herhangi bir üyesini aramadı. Ve sonra, aynı melodik ses hoparlörde tekrar yankılandı. Baba Ji'nin dinlenme zamanı gelmişti ve tüm salon Baba Ji'nin tezahüratlarıyla yankılandı. Baba Ji kalktı ve oradan ayrıldı.

Bhaskar'ın annesinin umutları Baba Ji'nin ayrılmasıyla paramparça oldu. Neredeyse ağlamak üzereydi. İnsanlar dağılmaya ve taşınmaya başladı, ama Bhaskar ve ailesi onların yerinde kaldı. Bir süre sonra, salonda sadece Dixit ailesinin üyeleri kaldı.

Bayan Dixit şok olmuştu. Baba Ji'nin onu aramadığına inanamadı. Ağlıyordu, yıllarca süren ibadet ve bağlılığının boşuna olduğunu hissediyordu. Bhaskar ve babası onu ikna etmeye çalışıyorlardı, ama hiçbir şey dinlemeye hazır değildi.

Onu gözlemleyerek, gönüllü olan uzun boylu bir adam onlara yaklaştı ve konuyu öğrenmeye çalıştı. Yüksek sesle konuşuyordu ve onu ikna etmeye çalışıyordu: "Baba Ji, başkalarının sorunlarının seninkinden daha ciddi olduğunu hissetti ve bu yüzden seni aramadı. " Aileyle kısa bir tartışmadan sonra, çıkışa doğru ilerledi ve Bay Dixit'e onu takip etmesini işaret etti.

Bay Dixit dışarıya uzandı ve onu bekleyen kişiyi buldu. Uzun boylu adam tekrar onu takip etmek için işaret etti. Bay Dixit, uzun boylu adam binanın yanındaki bir ağacın arkasında durana kadar onu takip etmeye devam etti. Ona doğru yürüdü .

Uzun boylu adam dedi ki, "Efendim, karınızın gerçek bağlılığını gözlemleyerek, size yardım etmek için güçlü bir dürtü hissettim. Baba Ji ile kişisel görüşmeni ayarlayabilirim. Ama bunun için biraz harcamanız gerekecek."

Bay Dixit tereddütle, "Ne kadar?" dedi.

"Elli bin," dedi uzun boylu adam.

Bay Dixit, miktarı duyunca duyularını kaybetti. Katlanmış elleriyle, "Kardeşim, belki de beni yanlış değerlendirdin. O kadar ödeyecek kapasitem yok."

Uzun boylu adam konuştu, "İnsanlar Baba Ji'yi karşılamak için elli lakh'a kadar para ödemeye hazırlar ve sen elli bin gibi küçük bir miktar ödemeyi reddediyorsun."

Bay Dixit, "Benim hakkımda ne düşündüğünüzü bilmiyorum. Ben emekli bir okul öğretmeniyim. Talep ettiğin miktar benim kapasitemin çok ötesinde."

Uzun boylu adam sıkıntılı görünüyordu. Dedi ki, "Karına neden bu kadar güçlü bir sempati duyduğumu bilmiyorum. Tamam, ne kadar ödeyebileceğini söyle bana?"

Bay Dixit, en fazla beş yüz rupi vermekten memnundu, ancak kişinin talebini yüzüncü kesire indirmeyi uygun görmedi. Cesaret toplayarak, "Beş bin rupiye kadar verebilirim" dedi.

Uzun boylu adam miktardan memnun değildi, ama boğuk bir sesle, "Tamam, ver" dedi.

Bay Dixit ona parayı verdi. Uzun boylu adam parayı saydı, cebinden bir fiş çıkardı, Bay Dixit'e verdi ve "Ayrıntıları çabucak doldurun" dedi.

Bay Dixit ayrıntıları buna göre girdi. Sonra fişi geri aldı ve "Salonda kal, birazdan seni arayacağım" dedi. Bay Dixit'i geride bıraktı ve hızla uzaklaştı.

Her şey o kadar hızlı oldu ki, Bay Dixit bir süre şaşkınlıkla durdu ve sonra ağır bir kalple salona doğru yürüdü. Aklında yanıp sönen tek bir düşünce vardı, adamın onu aldattığı ve beş bin rupisini gasp ettiği.

Bay Dixit ailesinin yanına döndüğünde yüzü alçaltıldı. Bhaskar ona sordu, "Herhangi bir sorun var mı, baba?"

Bay Dixit sorusuna cevap vermedi, bunun yerine karısına baktı ve "Baba Ji ile bir toplantıyı düzeltmeye çalışıyorum" dedi.

Bayan Dixit ona döndü ve sanki onun alçakgönüllülüğünden hoşlanmıyormuş gibi baktı. Bhaskar yüzüne bakarak, "Ne oldu baba, nereye gittin?" dedi.

Bay Dixit çok alçak bir sesle, "O uzun boylu adamdan yardım istedim. Bizi Baba Ji'yle tanıştıracağına dair bana güvence verdi."

Bhaskar'ın yüzünde bir şaşkınlık duygusu vardı ve Bayan Dixit umutla uyanmış bir mutluluk belirtisi gibi görünüyordu.

Bhaskar dedi ki, "Baba, onun statüsündeki birinin bizi Baba Ji'yle tanıştırabileceğini düşünüyor musun? Bence kendisinin Baba Ji ile tanışabileceği bir pozisyona sahip değil. Her neyse, Baba Ji'nin bazı eylemleri mucizevi görünüyor. Ben de etkilendim, ama bir mucize, onu yapma yöntemi bir sır olarak kaldığı sürece bir mucize olarak kalır. Numaranın sırrı ortaya çıktığında, her mucize normal görünüyor. Birkaç yıl önce, ilgi odağı olan Babaların çoğu şimdi hapiste ve kimse onları hatırlamıyor. İnsanlar onları unuttu."

Bhaskar'a karşı sahte bir öfke gösteren Bayan Dixit, nazikçe elini tokatladı ve şöyle dedi: "Kapa çeneni, hala dünyalılık duygusuna sahip değilsin. Birkaç kitap okumak dünyevi bilgelik getiremez."

İki saatten fazla beklediler. Gece saat sekiz buçuktu. Tam o sırada, birkaç işçi paspas, süpürge ve sileceklerle salonun içine girdi. İçlerinden biri büyük bir çöp kovası taşıyordu ve iki kişi büyük bir makineyi itiyordu. Bhaskar, hepsinin salonu temizlemeye geldiğini ve şimdi orayı terk edeceklerini hissetti. Bhaskar dedi ki, "Anne, şimdi buradan gidelim. Hadi babacığım."

Bayan Dixit tekrar tedirgin oldu ve "Baba Ji'yle tanışmadan buradan bile hareket etmeyeceğim" dedi.

Bhaskar dedi ki, "Anne, bakın, temizlik personeli orayı temizlemek için geldi. Hadi şimdi, buradan kalk. Burada bir

protesto yapmak istiyorsanız, temizlik yapıldıktan sonra buraya tekrar gelin. Tamam."
Bayan Dixit, Bhaskar'ın elini tuttu ve onun desteğiyle ayağa kalktı. Bhaskar salondan çıkarken ona tutundu . Bay Dixit, beş bin rupisini kaybettiği için hala üzgündü, ama şimdi bunu karısına ve oğluna söyleyip söylememesi konusunda bir ikilem içindeydi.

Bhaskar mümkün olan en kısa sürede eve dönmek istedi. Babasına bakarak, "Taksimizin şoförü otoparkta oturuyor olmalı" dedi.

Annesi Bhaskar'ı dinlerken öfkelendi ve durdu. Hiçbir koşulda ayrılmaya hazır değildi.

Bay Dixit,uzun boylu adamın kendisini dolandırdığını ve böylece kalenin herhangi bir yanıtını alma umudundan çoktan vazgeçtiğini fark etmişti. Bu yüzden bunu unutmaya karar verdi. Karısına odaklandı ve açıklayarak onu teselli etmeye çalıştı, "Eğer bugün Baba Ji ile tanışamadıysak, bu onunla hiç tanışmayacağımız anlamına gelmez. İki ya da üç gün sonra tekrar geleceğiz. O gün de başarısız olursak yine geleceğiz. Gece saat dokuzda; eve ulaşmamız üç saat sürecek. Şimdi ayrılırsak, gece yarısı eve varacağız. Şimdi bugün burada kalmanın bir anlamı yok."

Bayan Dixit, teslim olmuş gibi bir yüz ifadesi takındı. Ashramın ana kapısına doğru yürüdüler .

Ancak o zaman, elinde bir fiş tutan bir gönüllü onlara koşarak geldi. Kâğıttaki isimleri okudu, Bay R. S. Dixit, Bayan Astha Dixit, Bay Bhaskar Dixit ve "Bunlar sizin isimleriniz mi?" dedi.

Bhaskar, "Evet" dedi. Çalışan fişi tekrar okudu ve "Siz Tikamgarh ilçesinin Deri köyünden geldiniz" dedi.

Bhaskar alaycı bir şekilde, "Evet, bu adres de bizim, ama bize ne olduğunu anlat" dedi.

Çalışan büyük bir coşkuyla, "Baba Ji seninle tanışmak istiyor" dedi.

Bunu duyunca, Bayan Dixit son derece şaşırdı ve kendindengeçti. İki elini de katladı ve Tanrı'ya ve Baba Ji'ye teşekkür etti . Bay Dixit de çok mutluydu, ama mutluluğunun en iyi yanı, zor kazandığı beş bin rupi'nin boşa gitmemiş olmasından kaynaklanıyordu. Bhaskar'ın yüzü mutluluktan ziyade memnuniyet gösteriyordu. Mutluydu çünkü annesi rahatlamıştı.

Gönüllü onları binanın içindeki bir lobi odasına götürdü ve bir kanepeye oturmaları için işaret etti. Kapalı bir kapıyı işaret etti ve onlara Baba Ji'nin kısa bir süre sonra onlarla o odada buluşacağını söyledi. Bu arada bir bayan görevli onlar için su ve çay getirdi.

Çaylarını bitirir bitirmez, etkileyici kişiliğe sahip bir adam geldi, onları kibarca selamladı ve "Ben Ashram'ın bekçisiyim ve Baba Ji'nin kişisel asistanı olarak çalışıyorum. Baba Ji seni bekliyor."

Bayan Dixit şaşırmıştı. Hemen ayağa kalktı, bir eliyle kocasının kolunu ve diğer eliyle oğlunun kolunu tutarak, ayağa kalkmalarını ve hareket etmelerini işaret etti. Onun sabırsızlığını gören bekçi gülümsedi.

Bhaskar ailesiyle birlikte içeri girdi ve Baba Ji'yi önlerinde kanepe benzeri büyük bir sandalyede otururken buldu. Onları katlanmış elleriyle selamladı ve yanlarındaki kanepeye oturmak için işaret etti. Baba Ji'nin kanepeye doğru yaptığı jeste rağmen, Bayan Dixit ilerlemeye devam etti ve Baba Ji'nin ayaklarının yanındaki halının üzerine oturmak üzereyken Baba Ji eğildi ve onu durdurdu ve kanepeye götürdü. Bhaskar ve Bay Dixit onun yanına oturdular. Bhaskar, Baba Ji'nin nezaketinden derinden etkilenmişti.

Baba Ji, "Siz insanlarla tanışmak sadece bir tesadüf. Neden ve nasıl, size kısaca anlatayım. Geceleri ashramda ne zaman kalsam, akşamları da düzenli olarak bazı insanlarla tanışırım.

Ashram personeli insanların ayrıntılarını inceler ve onlarabir 'Ayrıcalık Geçişi' sağlar. Burada tanıştığım insanlar ya elit sınıftan ya da gönüllülerin aileleri ve yakın akrabalarından. Aynı zamanda birshram'ın bekçisi olan kişisel asistanım, sık sık 'Ayrıcalık Geçişi' talep ettiği için gönüllülerden birinden şüpheleniyordu. Bu gönüllünün adanmışlardan para talep ettiğinden ve onları akrabaları ilan ederek onlara geçiş kartı sağladığından şüpheleniliyordu. Bugün sana da aynısını yaptı ama suçüstü yakalandı." Bunu duyan Bayan Dixit ve Bhaskar birlikte Bay Dixit'e baktılar. Bay Dixit suçlu görünüyordu, biraz tereddüt etti, ama sonra özür dilemek için ellerini kavuşturdu.

Baba Ji devam etti, "Asistanım bana, bugün yine, o çalışanın akrabaları olduğunu iddia eden bir aile için 'Ayrıcalık Kartı' istediğini söyledi. İsminizi ve adresinizi görür görmez birdenbire babamın burada birkaç yıl kaldığını ve büyük bir alimden astroloji ve Sanskritçe öğrendiğini hatırladım. Tam adını hatırlamıyorum ama soyadı da Dixit'ti. Babam ona Acharya Ji olarak hitap ederdi ve sık sık onun skolastik başarılarından ve eşsiz kişiliğinden bahsederdi."

Bhaskar'ın yüzünde bir gurur duygusu vardı; Büyük bir coşkuyla, "O benim büyükbabamdı" dedi.

Baba Ji, Bhaskar'a baktı ve şöyle dedi, "Aileniz hakkında benzer bir varsayımım vardı ve böyle ilahi bir kişiliğin ailesiyle tanışmak bir ayrıcalıktır. Aldığım eğitim ne olursa olsun sadece babamdan aldım. Babamın aldığı eğitimi, Acharya Ji'den aldı. Bu şekilde, Acharya Ji benim için bir rahip statüsüne sahip."

Bhaskar, büyükbabasıyla gurur duyuyordu ve şimdi olağanüstü başarılarına olan inancı daha da sağlamlaştı.

Baba Ji, Bhaskar'ın yüzüne baktı ve bir süre bakmaya devam etti ve yavaş yavaş gözlerini kapattı. Bir dakika sonra gözlerini açtı ve gizemli bir şekilde gülümsedi. Sonra gözünü Bayan Dixit'e çevirdi ve şöyle dedi, "Anne, buraya bir amaçla geldiniz ve şimdi amacınız benim için bir görev. Size söz veriyorum, tüm yeteneklerimle size yardımcı olacağım. Ama önce bana ve tavsiyelerime güvenmeye devam edeceğine dair bana söz vermelisin."

Bayan Dixit şaşırmıştı ve Baba Ji'nin iddiasından hiçbir şey tahmin edemiyordu. Ama lütfunun ailesine ashramda özel muamele görmefırsatı verdiği kayınpederi olduğuna dair küçük bir fikir edindi. Duyguları gözlerinden yaşlar şeklinde kaçtı. Ellerini kavuşturdu ve "Senden başkasına güvenemeyiz ve bu nedenle buradayız. Sözleriniz bizim için emir olacaktır. Lütfen bize yolu göster." Bay Dixit de başını sallıyor, karısının sözlerini doğruluyordu.

Sonra Baba Ji, Bay Dixit'e döndü ve şöyle dedi: "Benim de sizin bağlılığınıza ihtiyacım var. Efendim, size bazı sorular sorsam sakıncası olur mu?"

Baba Ji'nin soru sormak için iznini isteme şekli, Bay Dixit, soruların kesinlikle hassas bir konuyla ilgili olacağını tahmin etti, ancak düşüncelerinin yüzünde görünmesini engellemeye çalışan Bay Dixit, "Evet efendim" dedi.

Baba Ji gülümsedi ve konuştu: "Babanın senden beklentileri nelerdi?"

Bay Dixit konuşmaya çalıştı ama hafif bir kekemelik sesinden fazlasını üretemedi . Baba Ji gülümsemeye devam ederken Bhaskar biraz utanmıştı.

Baba Ji devam etti, "Soruyu basitleştirmeme izin verin. Acharya Ji'nin kariyerin için planları nelerdi?"

Bay Dixit son derece acı bir şekilde cevap verdi: "Kariyerlerimiz hakkında düşünecek zamanı hiç olmadı. Paranın önemini hiçbir zamanfark etmedi veailenin ihtiyaçlarına karşı her zaman isteksiz kaldı. "

Baba Ji sordu, "Acharya Ji hiç senden bilgi ve becerilerinden herhangi birini öğrenmeni istedi mi?"

Bay Dixit, "Her zaman Astroloji, Astronomi, Vedik Kimya ve uzmanlığının diğer alanlarındaki tüm bilgilerini öğrenmem konusunda ısrar etti. Ama bu modasıgeçmiş akarsuların bilgisinin mutlu bir yaşam sürmeme yardımcı olamayacağını fark ettim. Sonra, sonunda geçimimi sağlamak için Ayurveda hakkında bilgi edinmemi istedi." Bay Dixit derin nefesler aldı.

Baba Ji ona sordu, "Onun tavsiyesine uydun mu?"

Soru, Bay Dixit'in vicdanına bir çekiç gibi düştü. Yüksek sesle cevap verdi, "Hayır, onu takip etmedim. Çünkü istemedim..." Baba Ji sözünü kesti ve Bay Dixit'in tamamlamasına izin vermedi ve Bay Dixit'e, "Nedenlerini bilmekle ilgilenmiyorum. Sadece söyle bana, seni onun tavsiyesine uymaya zorlayıp zorlamadığını."

Bay Dixit, "Hayır, bir kez iş bulduğumda, ısrar etmeyi bıraktı" dedi.

Baba Ji anında sordu, "Kararın mıydı, değil mi?"

Bay Dixit, "Evet, doğru kararı verdim. Onun mesleğini ve yaşam tarzını takip etseydim, hayatımda hiçbir şey yapmazdım. Şimdi, kararlarımın yanlış olduğu iddia edilebilir. İdealist ilkelere saygı duymak ve fedakarlık, fedakarlık, bağlılık, basitlik ve sosyal değişim gibi erdemler hakkında konuşmak yaygındır, ancak onları takip etmek oldukça farklı bir şeydir. Herkes devrimcilerin yeniden doğuşunu ister, ama sadece mahallede, kendi evinde değil."

Baba Ji, "Bay Dixit, kimse sizi suçlayamaz, çünkü her eylem Tanrı'nın iradesi tarafından yönetilir. Hiç kimse Tanrı'nın isteğinden sapamaz. Hiç kimsenin kararınızı yanlış olarak adlandırmaya hakkı yoktur, çünkü bu dünyada meydana gelen her faaliyet Tanrı'nın iradesiyle yapılır. Ancak Tanrı da kendi isteğini kimseye dayatmaz, onlara seçme hakkı verir. Bu kişinin kendi takdirine bağlıdır. Doğru seçeneği seçmek, şans veya ilahi lütuf dediğimiz şeydir. Doğru seçim, kaderin elde edilmesi için gereklidir ve bunun için kişinin Tanrı'ya iman etmesi gerekir. Kaderinizin yolundan sapmaya başladığınızda doğa size sinyal verir, ancak bu işaretleri tanımak ve takip etmek kişinin Tanrı'ya olan inancına bağlıdır. Üstelik sadece işaretlerin dilini anlamak yeterli değildir; daha ziyade, yolu bu işaretlere göre değiştirmek daha önemlidir. Bazen, kişinin yolu değiştirmenin sonuçları konusunda güvensiz hale geldiği anlar vardır ve bu, kaderden uzaklaşıp uzaklaşmadığınıza veya ona doğru hareket edip etmediğinize karar veren en önemli andır. Aslında, insanlar durumdan korkmazlar, bunun yerine sonuçlarla ilgili varsayımlardan korkarlar. Öte yandan, ilahi işaretlerin uygunluğu konusunda aklında hiçbir şüphe bulunmayan bir insan kaderine kavuşur."

Baba Ji devam etti, "Şimdi soru ortaya çıkıyor: Şüphe neden doğuyor? Şüphe, yalnızca kaderinizi hayatınızın önemsiz örnekleri açısından değerlendirmeye başladığınızda ortaya çıkar. Hayat bir kar ve zarar hesabı değil, Tanrı'ya olan inancınızdaki bir artışın kredi puanınızda bir artışa neden olduğu kredi hesabınızın bir ifadesidir. "

Bitirdiğinde, Baba Ji sessiz kaldı. Bayan Dixit biraz garip hissetmeye başladı, bu yüzden dedi ki, "Baba Ji, lütfen bizi buraya getiren sorunu dinle. Oğlumuz Bhaskar için endişeleniyoruz..."

Baba Ji onun sözünü kesti, "Anne, bahsettiğim şey bu. Kocanız bir psikiyatriste danışmasını isterken kötü bir ruhun oğlunuza musallat olduğunu düşünüyorsunuz. Ve ikinize de saygılarımla, hiçbiriniz doğru değilsiniz. Oğlunuzun ne bir psikiyatriste ne de bir şeytan çıkarmaya ihtiyacı var. Kendisinin harekete geçmesi gerekecek ve desteğiniz onun en büyük gücü olacak. Ona biraz zaman, biraz özgürlük verin. O senin oğlun ve sonsuza dek kalacak. Ona on beş gün vermende ısrar ediyorum. Sadece on beş gün; Ve bu süre zarfında, onu tüm beklentilerinizden kurtarın. İstediği yere gitmesine izin verin, istediğini yapmasına izin verin. Ve anne, endişelenme, bu on beş gün boyunca onun güvenliği ve iyiliği benim sorumluluğumda olacak."

Bhaskar dedi ki, "Baba Ji, sana bir şey sorabilir miyim?"

Baba Ji gülümsedi. "Tabii. Ancak, zihninizde neler olup bittiğini biliyorum, ama sözlerinizle dinlemek daha uygun olacaktır. "

Bhaskar, "Rüyalar takip etmeye değer mi?" dedi.

Baba Ji, "Vedik bilgi geleneğimiz, rüyaları en güvenilir içgörü kaynakları olarak görür. Rüyalar, kişinin yüce bilinçle etkileşime girme yeteneğini gösterir ve size bu yanıltıcı dünyadaki gerçekliğin bir görüntüsünü gösterir. Bununla birlikte, birçok insan tam tersini düşünür ve rüyaların illüzyon olduğunu ve dünyanın gerçek olduğunu düşünür. Rüyalar sizi ruh ve bedenarasındaki ayrımı gerçekleştirir; ve size bedenin ve çevremizdekidünyanın yanıltıcı doğasını gerçeğe dönüştürmenin yolunu gösterin."

Bhaskar ona sordu, "On altı yıl önce ölen bir insanın bugün bir mesaj göndermesi mümkün mü? Bilimsel olarak makul mü?"

Baba Ji gülümsedi ve konuştu, "Sorun, bilimsel kanıtları sadece gerçeğin kanıtı olarak görmenin saçmalığında yatıyor. Bilim duyuları aşamaz ve dil sessizliği ifade edemez. Bunlar lineer kavramlardır, oysa Evren çok boyutlu ve çok katlıdır. Yani, bilimin ulaşamayacağı birçok şey var. Bilincin dört aşaması vardır. İlk üçü – uyanma, rüya görme ve derin uyku – duyuların ve zihnin dualitesi ile var olan durumlardır. Dördüncü koşul, bilincin ne içeriye, ne dışa, ne de hem içe hem de dışa doğru olduğu Turiya'dır. Bu durum duyuların, bilginin ve aklın ötesindedir. Tarif edilemez, kavranamaz veya düşünülemez. Bu, ikili olmayan saf bilinçtir; bu bir saniyesi olmayan bir tanesidir. Bu bilinç durumunu deneyimleyen bir kişi, evrensel bilinç veya sonsuz ruh ile birleşmeye ulaşır. Böylece, kişi sürekli var olan, her zaman bilinçli ve her yere yayılmış bir koşula ulaşır. Bu, diğer üç devlete nüfuz eden bir durumdur. Onun gibi istisnai bir kişilik için sürpriz değil. Acharya Ji, ikili olmayan kendi benliğinin saf farkındalığına ulaşmıştır. O herkesle ve her şeyle bir oldu. Onun için bilinen, bilen ve bilgi birleşmiş ve bir olmuştur."

Bhaskar, "Bana çok kafa karıştırıcı geliyor. Net bir şekilde anlayamıyorum. Peki, tüm hayaller yakalanmaya değer mi? Rüyam sadece bir hayalet mi yoksa bir tür şifreli mesaj mı ? Baba Ji, lütfen bana rehberlik et."

Baba Ji tekrar gülümsedi. "Size bir benzetme yapmak istiyorum. Dreams'i bir televizyon kanalı olarak düşünün. Programları yalnızca anteni doğru hizalama ve kalibrasyonda tutarsanız izleyebilirsiniz. Anten ne kadar güçlü olursa, görseller o kadar net olur. Çıkıştaki netlik eksikliği, antenin yanlış hizalandığını gösterir. Bir kanal programları günün her saati yayınlar, ancak yalnızca ilgi alanlarınızla ilgili programları izlersiniz. Benzer şekilde, kişinin rüyaları da duyguları, fantezisi, korkusu, hayal gücü, aklı ve bilgisi ile ilgilidir. Tüm bunlar sadece değişkenlerdir ve sadece bir antenin verimliliğini ve alım kalitesini etkileyebilirler. Ancak bunlar televizyonda yayınlanan programın içeriğini etkileyemez."

Baba Ji bir süre durdu ve sonra ciddi bir sesle konuştu, "Bhaskar, analiz edebildiğim kadarıyla, büyükbaban senin için bir mesaj bıraktı ve onu kendin bulmalısın. Seçtiğiniz yolu izlemeniz gereken bir meydana ulaştınız. Doğru olanı seçerken bir hata yaparsanız, sizin için sağlanan hedefe asla ulaşamazsınız. Yani, bu sizin kararınız, kalbinizi takip edin. Mantığınızı bir süreliğine bir kenara bırakın. Fantezinizi dinleyin, içgüdülerinizi dinleyin, içsel benliğinizi dinleyin, korkularınızın ve şüphelerinizin yüzeye çıkmasına izin verin. O zaman sizi rahatsız eden soruların cevaplarını arayın. Cevapları bulduğunuzda, sıkıntılar ortadan kalkacak ve kaderinizi tam bir bağlılıkla ve herhangi bir endişe veya ikilem olmadan takip etmek için gerçek bir neden elde edeceksiniz. Tanrı sizi kutsasın."

Baba Ji daha sonra ayağa kalktı ve onları katlanmış elleriyle selamladı. Herkes onun yanında durdu. Baba Ji geri döndü ve içeri girdi. Bhaskar'ın annesi hala büyüleyici bir huşu içindeydi ve bu yüzden bir heykel gibi ayakta kaldı. Bhaskar onu normale döndürmek için elini sıktı ve mekanı terk etmesini istemek için işaret etti. Bhaskar elini tuttu ve sonra döndüler ve çıkışa doğru ilerlediler.

Bu arada, bekçi onlara koştu ve Bay Dixit'e bir zarf verdi ve şöyle dedi: "Efendim, beş bin rupi miktarınız. Gönüllü onu iade etti. Lütfen saklayın." Bay Dixit zarfı aldı ve ailesiyle birlikte çıkışa doğru ilerledi.

Keşif

Haskar dedesinin odasındaydı. Bu sefer minik pirinç kilidin anahtarı ondaydı. İçinde üç raf bulunan almirahı açtı. Üst rafta sadece yaklaşık yarım litre kapasiteli, parlak bir şekilde parlayan küçük bir krom kaplamalı şişe vardı . Onu kaldırmaya çalıştı, ama değerlendirmesinin aksine, ona çok ağır görünüyordu. Biraz şaşırmıştı. Sonra, iki eliyle dikkatlice kaldırdı ve yaklaşık yedi ila sekiz kilogram ağırlığında olduğunu tahmin etti. Şişenin üzerinde el yazısıyla yazılmış bir etiket vardı.

Tozu üfledi ve etiketi okudu: "Saf Merkür, Net Ağırlık Yedi Ser." Şimdi, olağanüstü ağırlığının sırrını anladı. Bu, yaklaşık altı buçuk kilogram cıva içeren yarım litrelik bir cam şişeydi. Cıva yoğunluğunun normal suyun on üç katından fazla olduğunu öğrendiği okul günlerini hatırladı. Ayrıca Ser'in Hindistan'da daha önce kullanılan ve yaklaşık 933 grama eşit bir ağırlık birimi olduğunu da biliyordu.

Şişeyi tekrar rafa koydu ve alt raf boşken, deri bir çantaiçeren orta rafa odaklandı. Çantayı kaldırdı ve içinde üç ayrı cep olduğunu gördü . İlk cebi açtı ve yaklaşık yüz gram ağırlığında bir paket buldu. Paket deriye sarıldı ve deri bir iple bağlandı. Paketi bankın üzerine koydu. Diğer cebi açtı ve ilk pakete tam olarak benzeyen ama bundan biraz daha ağır olan başka bir paket buldu. Sonra, deri bir iple bağlanmış haddelenmiş kırmızı bir bez parçası içeren üçüncü cebi açtı.

Bhaskar hiçbir şey anlayamadı, ama ambalaj bunların çok önemli şeyler olduğunu gösteriyordu. Bhaskar önce kumaş rulosunu açtı. Rulo başka bir beyaz bez içeriyordu. Bhaskar, temel olarak geleneksel Hint Birimlerinin SI birimlerine dönüşüm tablosunu içeren bir belge olan kumaşı açtı. Ancak, kapsamlı değildi; sadece Ser, Tola, Masha ve Ratti birimlerinin gram ve kilograma dönüştürülmesini içeriyordu. Bhaskar, bu kadar önemsiz bilgilerin neden bu kadar güvenli bir şekilde saklandığını anlayamadı.

Sonra ilk paketi açtı, ipi çözdü ve deri çarşafı açtı. İçinde deri bir kese buldu. Kese düzgün bir şekilde dikildi ve "Beyaz Toz Net Ağırlık 6.5 Tola (78 Masha) 1 Ratti per Tola" yazan bir kağıt fişi ile etiketlendi.[3] Yavaşça keseyi sıktı ve okşadı ve beyaz bir tozun küçük izleri ondan düştü.

Ne yapacağını bilmiyordu, bu yüzden başka bir paketi açtı. Diğer paket de "Sarı toz Net ağırlık 7.5 Tola (90 Masha) $1_{1/4}$ Ratti per Tola" olarak etiketlenmiş benzer bir deri kese içeriyordu. Etiketlerin paketteki karşılık gelen tozun ağırlığını gösterdiğini kolayca anladı, ancak "Ratti per Tola" da verilen ölçümler anlayışının ötesindeydi. Bir bileşik veya karışım hazırlamak için bunların oranlar olması gerektiğini düşündü, ancak bunun dışında hiçbir fikri yoktu. Bir süre içindekileri gözlemledikten sonra, her şeyi daha önce paketlendiği gibi paketledi ve almirahı kilitledi.

Tahta bankta oturdu ve bir ipucu elde etmek için nesnelerin bazı anlamlarını veya amaçlarını bir araya getirmeye çalıştı. Bir saatten fazla bir süre boyunca düşünmeye ve spekülasyon yapmaya devam etti, ama hiçbir şey tıklamadı. Bhaskar, Mağara Baba'nın *"Dada Ji'niz sizin için bir mesaj bırakmıştı"* dediğini hatırladığında son derece hayal kırıklığına uğradı ve üzüldü. Böylece, mesajı düşünmeye başladı ve aniden odada karşılaştığı bir posta fişini hatırladı. Fişin çatı katında bir demet içinde olduğunu hatırladı.

Bunu hatırlar hatırlamaz, yıldırım hızıyla hareket etti, başka bir odadan bir tabure getirdi ve paketi çatı katından indirdi. Paketi

---

[3] ***Ratti / Masha / Tola:*** *Geleneksel Hint kütle ölçüm birimleri, özellikle değerli metalleri ve toz ilaçları tartmak için kullanılır. 1 Ratti 0.1134 grama, 1 Masha 8 Ratti'ye ve 1 Tola 12 Masha'ya eşittir.*

açtı ve fişi çantadan çıkardı. Kaymayı dakikalarca gözlemledi. Fişin kayıtlı bir postanın veya parselin bir onayı olduğu açıktı, ancak tarih izlenebilir değildi. Belki de damga aceleyle yapıştırılmış, sadece kısmi bir iz bırakmıştı ve mürekkep de zaman geçtikçe kötü bir şekilde solmuştu.

Yarım saatlik sürekli çabadan sonra, Bhaskar bağırdı, "Evet!" Postane şubesinin adını "Merkez Postane Panna" olarak izlemeyi başardı. Bağırarak odadan dışarı koştu, "Baba! Baba!" Bay Dixit avluda bir sandalyede oturuyordu. Bhaskar'ın onu çağırdığını duydu, bu yüzden "Ben buradayım" diye yanıtladı.

Bhaskar oraya ulaştı ve şöyle dedi: "Baba, içinde Panna Merkez Postanesi'nin damgası, bir şişe cıva ve iki toz bulunan bir teşekkür fişi buldum. Hiç Panna'ya gitmiş miydi? Panna'da yakın bir arkadaşı var mıydı?"

Bay Dixit, "Hiçbir fikrim yok. Babamla ilgili bilgim olmadığını merak ediyor olabilirsiniz. İlişkimizde sürtüşme olduğunun zaten farkındasınız. Benim düşünceme göre, Dada Ji'niz sadece zengin ailelerden beklenen bir şeyi yapıyordu. Kişi kendisi ve ailesi için bol miktarda zenginlik ve kaynağa sahipse, o zaman finansal getiri arzusu olmadan bilgi arama macerasına devam edebilir. Ondan memnun değildim, kardeşlerim de memnun değildi. Bilgi ve becerilerini ticari olarak kullanmayarak ailesine haksızlık yaptığını hissettim. İsteseydi, bize en gelişmiş imkan ve imkânları sağlayabilirdi. Ya yeteneğini ticari olarak kullanma yeteneğine sahip değildi ya da bizi umursamıyordu. Bu yüzden ondan ve entelektüel işlerinden kaçındım. Aynıevde yaşıyorduk, ama onun faaliyetleri hakkında tamamen kaygısızdım. Ne yapıyordu? Kime öğretiyordu? Nereye gitti? Kim onu karşılamaya geldi? Hiçbir şey bulmaya çalışmadım. Onunla ilgili tek endişem, tüm yemekleri zamanında alıp almadığıydı. Ve daha sonra, annenin aileye gelişi beni de bu endişeden kurtardı. Ama endişelenmeyin; Bilgi almak için bir kaynağım var."

Bay Dixit ayrıca, Ayurveda ilaçlarında önemli bir bileşen olan cıvanın, Ayurveda uygulayıcıları tarafından saklanması gereken en yaygın madde olduğunu, bu yüzden bu konuda önemli bir şey olmadığını ve tozların bir miktar ilaç olması gerektiğini söyledi.

Daha sonra, Bay Dixit ona köyün eteklerinde bulunan bir tapınağın rahibinden bahsetti. Dedi ki, "Rahip bir zamanlar büyükbabanın yardımcısıydı. Günlük işlerinde ona yardım etmenin yanı sıra, biraz astroloji öğrendi ve rutin ibadet yöntemleri ve ritüelleri için kullanılan bazı temel Sanskritçe Shlokas'ın zikredilmesini öğrendi. Uzun yıllar boyunca Dada Ji'nizle yakın temas halinde kaldığı için yararlı olduğunu kanıtlayabilir. Hayati bilgilere sahip olabilir."

Bhaskar babasına sordu, "Yeterince güvenilir mi, bu yüzden ona bilgi aramanın gerçek amacını söyleyebilir miyiz?"

Bay Dixit, "Bu güvenilir olma meselesi değil. Yaşadığımız bölge çok geri. Mesele ortaya çıkarsa insanlar dedikodu yapmaya başlayacak. Özel amacınızı açıklamaya gerek yoktur. Gerçek amacınızı ortaya çıkarmadan yavaş yavaş piste çıkın. Anlattığı her şeyinilginç olduğunu fark etsin. Sonra, hatırladığı her şeyi size söyleyecektir. Bundan sonra, yararlı gerçekleri bulmak için tüm bilgileri taramak sizin işiniz olacak. "

"Bugün, akşam yürüyüşümden eve dönerken, tapınağı ziyaret edeceğim ve yarın benimle bir fincan çay içmeye davet edeceğim. Kesinlikle gelecek. Yani, buraya ulaştığında ve yerleştiğinde, tartışmaya katılabilirsiniz. Sorgulama ve tartışmanın iki farklı disiplin olduğunu unutmamalısınız. Her ikisinin de amacı ve işleyişi tamamen farklıdır. Karşınızda oturan kişinin, kendisine soruşturulduğunu fark etmeyebilmesi sizinzekanıza bağlıdır. Onun konuşmaya devam etmesine izin verin ve siz de sorgulamaya devam edin. Sadece kendisinin paylaşmak istediği şeyi söylediğini hissetmesine izin verin ve işi bitirin. "

Prob

Bhaskar odadan çıktı ve salondan gelen konuşma sesini duydu. Salona yöneldi ve aziz gibi giyinmiş birinin babasıyla birlikte oturduğunu gördü. Adam, sarı sandal ağacı macunuyla yapılmış 'U' işaretine benzer iki dikey çizgiden yapılmış bir tilak giyiyordu. İşaretin ortasında kırmızı dikey bir çizgi de vardı. Boğazı ve kolları da sandal ağacı macunuyla yapılmış sarı izler taşıyordu.

Bhaskar onu iki elini de katlayarak ve başını eğerek selamladı. Selamlara cevaben, ellerini kaldırarak çocuğu kutsadı.

Bhaskar'ın babasına baktı ve "Bu senin oğlun, değil mi? Onu çocukken gördüm ama olağanüstü zekası hakkında çok şey duydum. Bu doğanın yasasıdır. Acharya Ji'nin olağanüstü yeteneği onun soyuna geçmek zorundaydı."

Sonra Bhaskar'a baktı ve şöyle dedi, "Oğlum, büyükbaban hakkında bir şey hatırlıyor musun, hatırlamıyor musun? Hatırlayabildiğim kadarıyla, Acharya Ji'nin ayrılışında altı ya da yedi yaşlarındaydın."

Bhaskar, "Sekiz yaşındaydım. Birkaç şey hatırlıyorum. Defterime her gün yeni bir shloka yazardı ve ben de aynı gün öğrenirdim. Hafızamda onun sadece birkaç sabit karesi var: Merhaba m, yatar vaziyetinde bir kitap okuyor, yazı masasına bir şeyler yazıyor, kışın terasta tavan arası duvarına yaslanıp harç ve havaneyle bir şeyler öğütüyor, tik ağacından yapılmış bankında çömeliyor."

Rahip büyük bir coşkuyla, "Benihatırlamıyorsun, ama büyükbabanla çocukluk günlerini açıkça hatırlayabiliyorum" dedi.

Bhaskar sordu, "Dada Ji benim hakkımda ne düşündü?"

Rahip büyük bir yakınlıkla cevap verdi: "Sen onun gözünün elmasıydın. Seni tek kişi olarak görüyordu..." Rahip aniden durdu ve aniden öksürmeye başladı. Bhaskar ayağa kalktı ve rahibe bir bardak su verdi. Rahip ona ve Bay Dixit'e baktı. Sonra suyu içti ve bardağı tekrar masaya koydu. Bu arada, Bhaskar sanki babası rahibe kaşlarını çatıyor ve dişlerini gıcırdatıyormuş gibi hissetti. Ancak, sadece aldatıcı bir vizyon olarak düşünerek düşünceyi reddetti çünkübabası mutlu görünüyordu ve gülümsüyordu.

Bhaskar ona sordu, "Dada Ji'nin öğrencisi oldun mu?"

Rahip, "Ona hizmet etme ayrıcalığına sahip oldum ve bu süre zarfında ondan birçok şey öğrendim" dedi.

Rahip duygusallaşıyor gibiydi. Ayrıca, "Yakındaki bir köyden selamladım. Ailem vefat ettiğinde yedi yaşındaydım. Ailenin maddi durumu çok kötüydü. Acıma duygusuyla, köyden bir dükkan sahibi bana dükkanında bir iş verdi. Sabahın erken saatlerinden gece geç saatlere kadar dükkanında çalışıyordum ve karşılığında günde iki öğün yemek ve giyecek eski kıyafetler alıyordum. Orada yaklaşık on yıl çalıştım. Bir keresinde, Acharya Ji, dükkan sahibinin oğlunun tedavisi için geldi ve orada bir gün kaldı. Dükkan sahibi kaldığı süre boyunca beni hizmetine verdi. Acharya Ji'nin adının ve şöhretinin zaten farkındaydım. Ona doğuştan Brahmin olduğumu söyledim. Örgün eğitim almadım ama okuma yazma biliyorum. Sadece temel dini çalışmaları ve ibadet ritüellerini öğrenmek istiyorum, böylece sosyal durumuma göre çalışarak hayatımı kazanabilirim. Acharya Ji, bana eğitim, ücretsiz yiyecek ve konaklama sağlayacağına dair güvence verdi. Tanrı'yı Acharya Ji şeklinde bulmuştum. On beş gün sonra işten ayrıldım ve sığınağına gittim. Yaklaşık altı yıl boyunca onunla kaldım, günlük işlerinde ona yardım ettim. Odasını temizlerdim, sabahları göletin yanındaki çayırda bırakıp akşamları ahıra getirerek atına bakardım. Geceleri uyumadan hemen önce

Acharya Ji'nin ayaklarına masaj yapardım. Boş zamanların geri kalanında bana öğretirdi."

Bhaskar sordu, "Yani altı yıl boyunca onun yanında mı kaldın?"

Rahip, "Evet, onun hizmetinde kaldım. O kadar hoş ve zarif bir kişilikti ki, şirketinde kalmak ilahi bir deneyimdi. O kadar basitlikle yaşardı ki, hiç kimse onun istisnai niteliklerini görünüşüyle tahmin edemezdi. Bir şeyleri öngörebiliyordu. Size bir olay anlatayım. Akşamları radyoda haberleri dinlerdi ve diğerleri de her gün o saatte evinizin önünde inşa edilmiş bir platformda toplanırdı. Bir keresinde, dönemin Başbakanı Shri Lal Bahadur Shastriha'nın Pakistan ile ikili görüşmeler için Taşkent'i ziyaret etmeyi kabul ettiği söylendi. Acharya Ji haberlere üzülmüş görünüyordu . Melankolisi sorulduğunda, Taşkent ziyaretinin Başbakan için ölümcül olabileceğini söyledi. İki gün sonra Taşkent'te başbakanın vefat haberini aldık. Acharya Ji, geçmişi okumak, bugünü kavramak ve geleceği hissetmek için doğaüstü bir yeteneğe sahipti. Tüm bu niteliklerine rağmen, ayakları yere basan bir insandı. Tapınağın rahibi olarak atanmama yardım etti. Sonra kendimi bu evden tapınak binasında bulunan bir odaya kaydırdım. Ondan sonra onunla nadiren tanıştım."

Bhaskar dedi ki, "Dada Ji tarafından öğretilen başka öğrenciler de var mıydı?"

Rahip dedi ki: "Çok; Acharya Ji, hiçbir zaman bir seferde üçten fazla öğrenci kabul etmedi. Onunla birlikteyken, yaklaşık bir yıl boyunca iki öğrenci vardı, sonra bir başkası katıldı ve sonra biri ayrıldı. Benzer şeyler hep olurdu. Acharya Ji'nin öğrencileri uzak yerlerdendi. Puri, Odisha, Vidarbha bölgesi, Uttarkashi, Jammu, Bengal gibi yerlerin isimlerini hatırlıyorum."

Bhaskar, "Yani Dada Ji, öğrencilere bölgemizden ve eyaletimizden değil, sadece uzak yerlerden öğretirdi" dedi.

Rahip cevap verdi: "Hayır, öyle değildi. Yakındaki bir köyden selamladım. Tikamgarh'tan bir öğrenciyi eğitti ve daha sonra oğlunu da eğitti. Ve evet, tüm zamanların en sevdiği öğrencilerinden biri Panna'dandı."

Bhaskar sonunda ilgi alanına ulaştığında sevinçle bağırmak ve zıplamak istedi. Böylece, istenen bilgiyi çıkarmak için tartışmaya akıllıca devam etti. Rahip ona büyükbabasının en sevdiği öğrencisi olan Vishnu Kant Shastri'den bahsetti.

Rahip dedi ki, "Shastri Ji, hizmet dönemimden önce burada kaldı, ama yılda en az bir kez Acharya Ji ile buluşmaya gelirdi. Parlak bir öğrenciydi. Onunla iki kez tanıştım. Çok mütevazı bir insandı. Beni de Panna tapınaklarını ziyaret etmeye davet etti ve adresini verdi."

Bhaskar, "Panna tapınaklarını ziyaret etme arzum var. Adresini benimle paylaşabilir misiniz? Yerel bir referansa sahip olmak çok faydalı olacaktır" dedi.

Rahip mutlulukla cevap verdi, "Kesinlikle, evet."

Bhaskar ona bir not defteri ve bir kalem verdi. Rahip adresi yazdı ve sonra ayrıldı.

Kayıp Uçları Keşfetmek

Bhaskar, tapınaklarıyla ünlü ve ülkede elmas tarlalarıyla kutsanmış tek ilçe olmasıyla ünlü kasabaya ulaştı. Rahibin anlattığı gibi bölgeye ulaştı. Bölgenin dört mil kareye yayılmış yoğun bir bölge olduğunu ve yaklaşık bin aileyi barındırdığını öğrendi. Meydanda bir tava dükkanına ulaştı. Küçük dükkan bir tava dükkanı olarak etiketlenmişti, ancak tezgahta birçok çikolata ve şeker kutusu vardı. Açıklığın her iki tarafına çeşitli markalardan gofret ve patates cipsi paketleri asıldı. Dükkan sahibi orta yaşlı bir insandı.

Bhaskar ona, "Merhaba amca, uzun zaman sonra buraya geldim. Daha önce, yaklaşık on iki yıl önce çocukken babamla birlikte gelmiştim. Shastri Ji adında bir kişi burada bu bölgede yaşıyordu. Büyük bir Sanskritçe bilgini ve iyi bir astrologdu. Evinin tam yerini hatırlamıyorum. Evini bulmama yardım edebilir misin?"

Dükkan sahibi konuşmasını engellemek için bir jest yaptı ve sonra şöyle dedi: "Evet, evet, anladım. Seni onun evine yönlendireceğim, ama eğer buraya Shastri Ji ile tanışmak için geldiysen, o zaman oraya gitmenin hiçbir amacı olmayacak. Shastri Ji büyük bir bilgindi ve büyük bir üne sahipti. Genel halkın yanı sıra, birçok siyasi lider ve üst düzey yetkililer onun adanmışlarıydı. Ancak, sosyal statü nedeniyle insanlar arasında hiçbir zaman ayrım yapmadı. Seçkinlere ve sıradan insanlara benzer şekilde davrandı. Yaklaşık üç yıl önce, aniden insanlarla tanışmayı bıraktı. Bazı sağlık sorunlarından kaynaklanabileceği düşünülüyordu. Ama böyle bir mesele yoktu. Yetmiş yaşında bile, fiziksel olarak formdaydı ve tamamen aktif kaldı. Herkesi şaşırtan bir şekilde, bir gün evini terk etti. Tüm aile üyeleri, takipçileri ve bölge halkı onu durdurmaya çalıştı. Tartışmaya, talep etmeye ve ikna etmeye devam ettiler, ama o durmadı. Havada birçok kavram vardı. Çok az insan aile üyelerinin adını kötüye kullanarak para kazanmaya başladığını düşündü ve bu nedenle bilinmeyen bir yere gitti ve çok azı feragatinin önceden belirlenmiş olduğunu ve daha pek çok şey olduğunu söyledi. Gitti ve sonra bir daha geri dönmedi. Şimdi, sadece anıları kaldı. Bazı insanlar Himalayalar'a gittiğini söylüyor. Bazı insanlar Ajaygarh yakınlarındaki yoğun ormanda bir veya iki kez görüldüğünü söylüyor. Tanrı sadece şu anda nerede olduğunu bilir."

Bhaskar kalbinin battığını hissetti, sanki her şey bitmiş gibi. Rüyasını çözmek için izlediği spekülatif iz, çıkmaz bir sokakta sona erdi. Daha fazla ilerlemenin yararsız olduğunu düşündü. Ama Shastri Ji'nin evini ziyaret etmeye karar verdi ve dükkan sahibinden evin tam yeri hakkında bilgi edindikten sonra gideceği yere taşındı.

Bhaskar, belirgin bir şekilde "Shastri Evi" olarak işaretlenmiş büyük bir eve ulaştı. Motosikletini park etti ve kapı zilini çaldı . Biran sonra, altmış yaşlarında bir adam kapıda belirdi. Bhaskar onu selamladı, ama cevap vermeden kabaca sordu, "Sorun nedir?"

Bhaskar, "Amca, benim adım Bhaskar ve buraya Vishnu Shastri Ji ile tanışmaya geldim" dedi.

Adam sinirli görünüyordu ve biraz kaba bir şekilde cevapladı, "Kim olursan ol, Shastri Ji gitti. Nerede olduğunu sormayın, çünkü biz bile bilmiyoruz." Adam Bhaskar'ın tepkisinden endişe duymadan geri döndü.

Bhaskar, bu beklenmedik durumu hikaye yaratma becerisiyle çözüp çözemeyeceğini merak etti. Durumudeğerlendirdi ve buna göre kurgusal bir ortam yaratmayı planladı. Biraz yüksek sesle konuştu. "Amca, Bay Vishnu Shastri'nin yasal varisi ile tanışmak zorundayım. Lütfen ya karısını ya oğlunu ya da kızını gönder."

Adam anında tekrar ortaya çıktı ve çarpık bir gülümsemeyle, "Lütfen söyle bana, ben onun oğluyum" dedi. Bhaskar'dan içeri girmesini istedi ve verandaya yerleştirilen sandalyelerden birine oturmasını teklif etti ve özürlerini saçma bir şekilde dile getirdi ve şöyle dedi: "Birçok insan her gün bir amaç olmadan ziyaret ederdi, bu yüzden biraz sinirlendim. Lütfen unutun."

Bhaskar hemen konuya geldi ve "Amca, benim adım Bhaskar Dixit ve Tikamgarh Bölgesi'ndeki bir köy olan Deri'den geldim" dedi.

Adam konuştu, "Acharya Ji'nin ailesinden misin?"

Bhaskar cevapladı, "Evet, Acharya Ji benim büyükbabamdı. Birkaç gün önce, bir banka yetkilisi babama yaklaştı ve ona büyükbabam ve Shastri Ji tarafından ortaklaşa tutulan bir hesap bulduklarını söyledi. Bu iki yaşlı adam bin rupi tutarında bir vadeli depozito açtılar ve sonra unuttular. Mevduat yaklaşık kırk yıl boyunca yenilendi ve şimdi miktar yüz kat arttı. Babam büyükbabamın ölüm belgesini bankaya sundu, ancak banka yetkilileri bunun sadece Shastri Ji'ye hayatta olduğu için ödenebileceğini söylüyor. Bu yüzden, iddia belgelerinde Shastri Ji'nin imzasına ihtiyacım var. Talep ödendikten sonra, tutarı aramızda eşit olarak dağıtacağız. Babam buraya gelmek istiyordu ama bazı sağlık sorunları nedeniyle gelemedi ve beni gönderdi."

Adam saçma bir şekilde gülümsedi, "Sorun değil, bana belgeleri ver, sana imzasını vereyim."

Bhaskar belge talebi konusunda biraz gergin hissetti, ama tam bir güven sergiledi ve "Elbette, lütfen Shastri Ji'yi arayın. Aslında kendisiyle görüşmem onun imzasından daha önemli."

Adam biraz sinirlendi ve şöyle dedi: "Çocuk, iyi eğitimli görünüyorsun, ama şimdiye kadar dünyevi bilgelik kazanmadın. Üç yıldır babamın yokluğunda bile babamın hesabını işletiyorum. Son otuz yıldır yerel belediye ofisinde katip olarak çalışıyorum ve emeklilik maaşım için sadece beş yıl kaldı. Bu konularda uzmanlığım var. Ne tür başarılar elde ettiğimi hayal bile edemezsiniz. Bu sadece küçük bir banka meselesidir; Ölülere mülk satış tapusu yaptırdım. Merak etme, belgeleri bana ver."

Bhaskar dar bir köşede sıkışmış hissetti. Birdenbire gülümsedi ve "Amca, bu banka yetkilileri tüm bu şeyleri koklayacak kadar akıllılar. Kişinin bankanın yakındaki herhangi bir şubesine gelmesini gerektiriyorlar ve ancak bundan sonra talep işleme alınacak. "

Adam kederli görünüyordu ve başını birkaç kez salladıktan sonra, "Eski neslin bu insanları pratik değil, ahlak ve etiği, hatta hayatlarına tercih ediyorlar. Mevcut toplumsal değerlerle ilgili birçok sorunları var ve bu nedenle mutluluğumuza tahammül edemiyorlar. Biraz para kazanmak için bir fırsat varsa, o zaman bundan yararlanmanın nesi yanlış? Babam, küçük kardeşimin birkaç takipçisinden bir miktar para kabul ettiğini öğrendiğinde çok sinirlendi . Bu yüzden önce ziyaretçilerle buluşmayı bıraktı ve bir gün aile hayatını bırakmaya karar verdi."

Bhaskar yüzüne sempati ifadeleri koydu ve "Hayal kırıklığını anlayabiliyorum. Şu anki konumu hakkında bilgin yok mu?"

Adam şöyle dedi: "Gizli bir şekilde, bana adresi, yalnızca karısının ölümü durumunda kendisiyle iletişime geçilmesi gerektiğini söyleyerek verdi - annem, çünkü karısına tamamlanması gereken bazı ritüelleri borçlu. Ayrıca adresini gizli tutmam için bana sıkı bir uyarı verdi. Ancak, elli bin rupi tutarında bir miktar onun tarafından azarlanma riskini almaya değer olduğu için bu bir sorun değil. Onun acımasızlığını anlayabilirsiniz. Size adresini söyleyeceğim, ancak miktarı benimle paylaşma taahhüdünüze nasıl güvenebilirim? "

Bhaskar cevapladı, "Efendim, bu size olan güvenim meselesidir, çünkü ödeme Shastri Ji adına bir alacaklı çeki ile yapılacak. Bu yüzden benimle ilgilenmen gerekiyor."

Adam Bhaskar'a yeri anlattı.

Bhaskar, "Amca, emin ol, ne olursa olsun gel, sana elli bin rupi borçluyum" dedi.

Vahşilerle Yüzleşmek

Bhaskar'ın bisikleti, her iki tarafında uzun çimler olan dar bir yolda yavaşça ilerliyordu. Kıvrımlı patikada keskin bir dönüş yapar yapmaz, pistin karşısında uzanan humongous bir ağaç gördü. Yaklaşık otuz metre yüksekliğinde olması gereken bir Peepal ağacıydı ve gövdesi yaklaşık üç metre çapındaydı.

Bisikletini orada durdurdu ve ağacı inceledi. Bisiklete binme lüksünün sona erdiğini ve daha ileri gitmek için başka bir seçenek olmadığı için nihai bir yürüyüş girişiminin başlamak üzere olduğunufark etti. Bisikleti ana standa park etti ve kolunu kilitledi.

Bisiklete baktığında, babasının her zaman ona çok iyi baktığını hatırladı. Bisiklet yaklaşık altı yaşındaydı ancak üzerinde tek bir çizik olmadığı için bozulmamış görünüyordu. Bir keresinde, Bhaskar'ın amcası bisikletini almış ve kırık bir dönüş göstergesi lambasıyla geri dönmüştü. Sonra babam dikkatsizliğinden dolayı onu kötü bir şekilde azarladı ve bisikleti hemen tamir ettirdi. Bhaskar, babasının bisikletini böyle bir yerde bırakıp devam etmeyi uygun bulmadı, ancak başka seçeneği yoktu. Bisikletin sapının kilidini açtı ve patikadan kısa bir mesafe boyunca itti ve çimlerin ortasına koydu ve sonra tutamağı kilitledi.

Patikaya geri döndü ve bisikletin yönüne baktı. Oradan görünmüyordu, bu yüzden ikna olduktan sonra, yolda yatan ağacın gövdesine tırmandı ve diğer tarafa atladı. Hızlı yürüdü . Yarım saat yürüdükten sonra, ormanın ortasında ağaçsız açık kayalık bir zemine ulaştı. Zeminin toplam alanı bir hektardan fazla değildi. Kayaların arasında büyüyen sadece küçük çimenli yabani otlar vardı.

Biraz rahatlamış hissetti. Yerin ortasına ulaştı ve dinlenmeye karar verdi. Yerden hafifçe yükseltilmiş bir taşın üzerine oturdu. Ancak o zaman hışırdayan bir ses duydu, ardından yüksek bir nefes alma ve boğulmuş bir çığlık geldi. Panikledi, hızla ayağa kalktı ve tam bir rotasyon yaparken etrafına baktı, ancak herhangi bir hareket fark etmedi. Zihninde çeşitli düşünceler tıkırdamaya başladı. Şimdi bir kaplan rezervi olan Panna Ulusal Parkı'nda olduğunu hatırladı.

Birdenbire, açık alanın en ucunda ağzında bir tavşan tutan bir ağaca tırmanan bir leopar gördü. Bhaskar bir heykel gibi duruyordu; göz kapakları bile yanıp sönmüyordu. Koşmaya karar verdi ama ne kadar hızlı koşarsa koşsun, bir leopardan daha hızlı koşamayacağınıfark etti. Gözlerini leoparın tırmandığını gördüğü aynı ağaca dikti. Artık ne leoparı ne de onun faaliyetlerinden herhangi birini görebiliyordu.

Leoparlar hakkında okuduğu her şeyi hatırlamaya çalıştı . Bir leoparın saatte yaklaşık elli beş kilometre hızla koşabileceğini biliyordu, ancak bu hızda iki yüz metreden fazla gidemezdi. Matematiksel yeteneği işe yaradı ve leoparın yaklaşık yüz metre uzakta olduğunu hesapladı. Leopar onasaldırırsa , ters yönde yüz metreden fazla koşmak zorunda kaldı. Sonra leoparın yeniavlandığını fark etti, bu yüzden enerji seviyesini yeniden kazanması yaklaşık üç ila dört saat sürecekti.

Bu farkındalık onabiraz rahatlama getirdi. Tüm cesaretini toplayarak, leoparı gördüğü yerin ters yönünde yürümeye başladı. Yüreğinde sadece Tanrı'ya dua ediyordu, "Doğru yöne gidiyor olabilirim." Ağaçların arasında yürümeye devam etti . Artık yönü ya da konumu hakkında hiçbir fikri yoktu. Sadece hızlı bir tempoda yürüyordu.

Birdenbire, annesinin sık sık büyükbabasının sloganı olarak alıntıladığı şeyi hatırladı. *"İşler kontrolünüz dışında göründüğünde, şüphesiz ve sonuçlarını düşünmeden her şeyi Tanrı'ya bırakın."*

Bhaskar bu dikteyi takip etti ve hayatında ilk kez onu takip etti. Annesi de ona dedesinin verdiği yorumu rivayet etmişti: *"Normal şartlar altında bunu yapamayız çünkü beklentilerimize göre bir durumun sonucunu almak isteriz ve isteklerimizin aksine bir sonuç ihtimalini kabul etmeye hazır değilizdir. Her şeyi bilmemize rağmen, Tanrı'nın kararının beklentilerimize aykırı olacağından korkuyoruz. Bu yüzden kâr ve zararı hesaplamaya devam ediyoruz, neden Tanrı'yı önemsiz konulara sürüklüyoruz? Onunla kendim ilgileneceğim."*

Şimdi Bhaskar hiçbir şey düşünmüyor ya da planlıyordu, sadece yürüyordu. Her şeyi Tanrı'ya bırakmıştı. Sonra önünde bir iz gördü; biraz umut kazandı ve koşmaya başladı. Çok geçmeden durdu çünkü pistin karşısında büyük bir ağaç vardı. Belki de bisikletini bıraktığı aynı ağaçtı. Kalbi bir anda battı. Ağacın üzerinden atladı ve bisikletini aramaya başladı. Bisikletini bıraktığı statükoda buldu. Son derece hayal kırıklığına uğramış hissetti.

Gözlerini gökyüzüne kaldırdı. Yoğun ağaçlar nedeniyle gökyüzünü sadece rastgele mavi lekeler şeklinde görebiliyordu. Fısıldadı, "Tanrım, senden bana doğru yolu göstermeni istedim ve beni başlangıç noktasına geri gönderdin. Bu şakayı sevmedim."

Bisikletini düzeltti, anahtarı kontağa koydu ve sürüş pozisyonunu aldı. Kaskını taktı ve motoru çalıştırmak için tekme kolunu düzeltir düzeltmez hırıltılı bir ses duydu. Soluna döndü ve bu manzara onu titretti ve bir kalp sarsıntısı getirdi. Patikanın ortasında kocaman beyaz bir kaplan duruyordu. Chatoyant gözleri kömür gibi parlıyordu, ağzı hafifçe açık jilet keskinliğinde kesici dişler sergiliyordu. Alçak bir hırıltı sesi çıkarıyordu. Bhaskar felç olmuş gibi hissetti. Tamamen düşüncesizdi ve parmaklarını bile hareket ettiremiyordu. Aniden, sağır edici bir ses duyuldu.

Kurtarıcı

Bhaskar gözlerini açtı ve sazdan bir çatı gördü. Bir huff içinde kalktı ve sonra oturdu. Etrafına baktı ve bambu ve çimenlerden yapılmış bir kulübede olduğunufark etti. Odanın bir köşesinde toprak lamba ve teneke kutu, diğer köşesinde ise küçük bir paspas tutulmuştur. Üçüncü köşede kendisi bir paspasın üzerinde yatıyordu ve dördüncü köşede bir kapı vardı.

Oraya nasıl geldiğine dair hiçbir şey hatırlamıyordu. Hatırladığı şey, patikanın ortasında duran kocaman beyaz bir kaplandı. Yavaş yavaş ona doğru ilerledi ve bu sırada yüksek bir ses duydu . Sonra gözlerinin önünde zifiri bir karanlık vardı ve ondan sonra bu kulübede uyandı. Saati kontrol etmeye çalıştığında kol saatinin eksik olduğunu gördü. Ayağa kalktı, kapıyı yavaşça çekti ve açtı. Başını eğerek dışarı çıktığında güneş parlıyordu. Kulübenin bir höyük üzerine inşa edildiğinifark etti. Kulübenin etrafında yürüdü ve bisikletini höyüğün altına park ettiğini gördü. Kaskı yakınlarda yatıyordu. Oraya vardığında saatinin ve anahtarının kaskın içinde tutulduğunu gördü. Bisikletin bir tarafında ezikler ve çizikler vardı.

Sonra arkadan bir ses duydu. "Yani, duyularına geldin." Bhaskar arkasını döndü ve orada duran bilge gibi bir adam gördü. Saçları, sakalı ve bıyığı tamamen beyazdı ve sarı sandal ağacı macunu ile yapılmış "U" işaretine benzer iki dikey çizgiden yapılmış bir tilak ve işaretin ortasında kırmızı renkle yapılmış bir kırmızı dikey çizgi giyiyordu. Beline sarılmış sadece beyaz bir havlusu vardı ve tahta takunyalar giyiyordu. Bunun dışında vücudunda başka bir aksesuar yoktu.

Bhaskar ellerini kavuşturdu ve "Bayım, siz kimsiniz ve ben neredeyim?" dedi.

Bilge gülümsedi ve "Ben de senin gibi bir insanım ve sen benimlesin" dedi.

Bhaskar cevabından biraz rahatsız oldu. "Efendim, demek istediğim adınız nedir, nerede yaşıyorsunuz, burada ne işiniz var ve buranın adı nedir?"

Bilge tekrar gülümsedi ve konuştu, "Şimdiye kadar neden herkesin isimlere karşı derin bir hayranlık duyduğunu anlayamadım. Bir insanın doğası veya bir yerin iklimi isimle değişebilir mi? Bir geyik ve bir aslanın isimlendirilmesi birbirinin yerine geçerse, doğaları da değişecek mi? Geyik bir avcıya dönüşecek mi, yoksa aslan ot yemeye başlayacak mı? Bu olamayacağına göre, bir ismin değeri sıfırdır."

Bhaskar'ın merakı şu anda sorularına istenen cevapları almaktı. Bhaskar ellerini kavuşturdu ve şöyle dedi, "Efendim, sadece buraya nasıl geldiğimi bilmek istiyorum. Kimsin? Vahşi doğada ne işin var?"

Bilge tekrar gülümsedi ve şöyle dedi: "Oğlum, senin yapmaya geldiğin şeyin aynısını bu ormanda da yapıyorum. Tek fark, buraya gönüllü olarak gelmem ve şartlar sizi bekliyor."

Bilge parmağıyla önünü işaret etti ve "Seni buraya sadece o kümeden getirdim" dedi.

Bhaskar, bilgenin doğrudan bir cevap verecek ruh hali içinde olmadığını anlamıştı. Ellerini kavuşturarak dizlerinin üzerine çöktü ve şöyle dedi: "Efendim, benim adım Bhaskar Dixit ve ben buradan yaklaşık yüz kilometre uzaklıktaki Tikamgarh ilçesinde bir köyün sakiniyim. Buraya ünlü bir bilginle, Pannalı Shastri Ji'yle tanışmak için geldim."

Bilge aniden gözlerini kıstı ve sonra onları kapattı. Bir süre sonra gözlerini açtı ve yüzünde kocaman bir gülümseme belirdi. Dedi ki, "Sen Acharya Ji'nin torunu musun? Seni görmek harikaydı. Neden benimle tanışmak istediğini söyle bana?"

Bhaskar'ın yüzünde karışık neşe ve heyecan ifadeleri vardı; Devam etti ve bilgenin ayaklarına dokundu. Bhaskar, "Ne harika bir tesadüf, seni bulamasam da, beni buldun" dedi.

Bilge dedi ki, "Bütün bunlar bizim illüzyonumuz, hiçbir şey yapmadığımız halde bunu yaptığımızı düşünüyoruz. Olan her şey zaten sabit ve iyi tanımlanmıştır. Eğer olması gerekiyorsa, olacak. İnsan kendini yaratıcı olarak görmeye başlar ve sonra eylemleri doğaya aykırı olmaya başlar. Bu arada, bugün sizi gördüğümde, kadere olan inancım daha da sağlamlaştı. Bana ne bilmek istediğini söyle."

Bhaskar, "Efendim, bana büyükbabamdan bahsedebilir misiniz?" dedi.

Bilge dedi ki, "Acharya Ji hakkında bilmediğin bir şey bilmek istiyorsun. Babanızdan veya başkasından bilgi almadığınız yönler. Haklı mıyım?"

Bhaskar, "Evet efendim" dedi.

Bilge gülümsedi ve sordu, "Sadece büyükbabanı bilme merakı seni bu vahşi doğada beni aramaya yönlendiremezdi. Konuya gelelim mi?"

Bhaskar, rüya dizisini ayrıntılı olarak anlattı ve Mağara Baba'nın çıkardığı sonucu paylaştı. Bhaskar bir süre sessiz kaldı ve sonra şöyle dedi, "Bunun sıradan birrüya olmadığını anlıyorum. Rüyanın dürtüsü o kadar güçlüdür ki unutulmazdır. Mağara Baba'nın çıkardığı sonuca göre, büyükbabamın bıraktığı herhangi bir ipucunu aradım. Dada Ji'nin odasını aradım ve Panna Merkez Postanesi tarafından verilen bir posta fişi buldum. Bu sana yaklaşmam için bir yol açtı."

Bilge dedi ki, "Acharya Ji'nin bursunun, keskin zekasının ve sınırsız bilgisinin hikayelerini duymuş olmalısın. Bunun dışında, kişiliğinin tüm bunlardan daha üstün olan ve onu bu insan dünyasında tanrısallığa yaklaştıran başka bir yönü daha vardı ve bu da maddi başarılara olan isteksizliğiydi. Ama tüm bu tanrısallığa rağmen, o aynı zamanda bir insandı. O da çocuklarını kendisinden daha iyi olmaları için tımar etme arzusuna sahipti. Çocukları onun bilgi ve becerilerine hiç ilgi göstermedi. Acharya Ji, seçimini asla çocuklarına empoze etmek istemedi. Daha ziyade çocuklarının bilgi, sanat, beceri, bilim veya edebiyat alanında yeni boyutlar keşfetmelerini ve zenginliği yaşamın bir ölçütü olarak görmemelerini istedi. Ancak, işler istediği gibi gitmedi, ama bu onu hayal kırıklığına uğratmadı. Çocuklarına asla kızmadı . Kaderin gerçekleşmesinin hayatın gerçekbaşarısı olduğunu ve kaderlerinin yönünün kendisininkinden farklı olduğunu biliyordu."

Bhaskar, "Efendim, doğumumdan sonra onunla hiç tanıştınız mı? Benim hakkımda hiç konuştu mu?"

Bilge gülümsedi ve konuştu, "Acharya Ji'nin kıvılcımına sahipsin. Senin gelişin ona göksel sevinç bahşetti. Mutluluğu sınır tanımıyordu. Son iki yılında biraz endişeli hissetti. Neyi görselleştirdiğini bilmiyorum ama toplumun değişen parametreleri hakkındaki endişesini dile getirirdi. Bana yakın gelecekte, refahın tanımının paranın mevcudiyetine dayanacağını ve insanların finansal durumlarının toplumdaki saygınlıklarına karar vereceğini söyledi. Onu yılda en az bir kez ziyaret ederdim. Bana karşı çok sevecendi. Bana güvendi ve sık sık bana bazı kişisel görevler verdi. Ölümünden yaklaşık on sekiz ay önce ona yaptığım sondan bir önceki ziyaretti. Bana bir mektup ve postalamak için bir koli verdi çünkü köyünüzün o zamana kadar postanesi yoktu. Bana mektubu önce taahhütlü bir posta yoluyla göndermemi ve parseli ancak teşekkür fişi alındıktan sonra göndermemi söyledi. Ben de buna göre yaptım. Ne mektubun ve kolinin içeriğini sordum, ne de benimle paylaştı."

Bilge sessizleşti ve geçmişte kaybolmuş gibi görünüyordu. Derin bir nefes aldı ve devam etti, "Ona son ziyaretim olan bir sonraki ziyaretimde, cennetteki konuta gitmesinden yaklaşık yedi ay önce, fişi ona teslim ettim. Bana dedi ki, *'Vişnu, yaşam geçicidir ve dünya yanılsamadır, ama bilinç sonsuzdur. Benimle tekrar karşılaşabileceğinize dair hiçbir kesinlik yok, ama bilincim sonsuza dek orada olacak. Birisi bilinç seviyeme ulaştığında, beni hissedebilir ve benimle etkileşime girebilir. Bilincimin entelektüel mirasçımla bağlantı kurmasına yardımcı olacak mütevellilerimden birisin. Hala çok genç ve onun büyümesini beklemek için yeterli zamanım yok. Ona Ayurveda, Astroloji veya Astronominin her birey için bilginin son zirvesi olmadığı konusunda bir ders vermek sizin sorumluluğunuzdadır. Ustalığın gerekli olduğu belirli bir bilgi dalı yoktur. Bir filin, bir aslanın, bir maymunun ve bir kurbağanın gücü ve kahramanlığı karşılaştırılamaz. Hepsinin ustalaştıkları bir veya diğer beceri vardır. Bir filin aslandan daha iyi olduğunu söylemek yanlıştır ya da tam tersi. Mahatma Gandhi ve Rabindra Nath Tagore'un büyüklüğünü karşılaştıramazsınız. Altın ve çelik karşılaştırılamaz, çünkü her ikisinin de kendine özgü kullanımları vardır. Altından kılıçlar ve çelikten süs eşyaları yapmak aptalcadır. Bunun olmaması için bu sorumluluğu size devrediyorum. '*

"Bunu net bir şekilde anlayamadım, bu yüzden dedim ki, 'Acharya Ji, Tanrı sana sonsuzluk versin. Her sözün benim için bir emir. Yani, torununuzun benim tarafımdan eğitileceğini düşünüyorsanız, buraya geleceğim ve gerektiği kadar kalacağım. ' İfadem üzerine, Acharya Ji güldü ve şöyle dedi, *'Vishnu, ona gelmene gerek yok. Kaderi gerektirdiğinde, seni bulacaktır.'*"

Bhaskar şaşkınlıkla bağırdı, "Dada Ji sana yaklaşacağımı biliyordu."

Bilge güldü. "O, her türlü durugörü ve öngörünün üstündeydi. Geleceğini bile bilmiyordum. Şimdi, kaderinizin tasarımcısının o olduğuna eminim."

Bhaskar sessizdi. Aşırı heyecan nedeniyle tüyleri diken diken oldu. Aynı zamanda dedesi için gurur ve onur duygusu da yaşıyordu.

Bhaskar bilgeye sordu, "Eğer Dada Ji'nin geleceğim için bir planı varsa, neden bunu babamla paylaşmadı?"

Bilgenin yüzünde ironik bir gülümseme vardı ve şöyle dedi: "Uyuyan bir insan uyandırılabilir, ama uyuyormuş gibi davranan bir kişi değil. Köyünüzün eteklerinde bir tapınak var. Oraya gitmek ve o tapınağın rahibiyle tanışmak için biraz zaman ayır."

Bhaskar, "Onu tanıyorum. Sadece üç gün önce onunla uzun bir tartışma yaptım. Böyle bir şeyden bahsetmedi."

Bilge dedi ki, "Sanırım baban her zaman seninle birlikteydi. Acharya Ji'nin son nefesini o rahibin kucağında verdiğini biliyor musun?"

Bhaskar şaşkına dönmüştü. Bir süre heykelsi olarak kaldı. Kafası patlayacakmış gibi hissetti. Dünyanın döndüğünü hissetti ve yavaş yavaş yere oturdu. Bilge onun yanına geldi ve başını şefkatle okşadı. Dedi ki, "Merak etme, oğlum. Bu sefer onunla yalnız tanışmalısın. Her şey sana kristal berraklığında görünecek."

Bhaskar bilgeye sordu, "Efendim, şimdi ne yapmam gerektiğini düşünüyorsunuz?"

Bilge dedi ki, "Düşündüğüm şey hiçbir anlam ifade etmiyor. Sadece bu büyük ortamdaki rolümün artık sona erdiğini düşünebilirim. Size başka bir mütevellinin ayrıntılarını anlatayım. Adını ve adresini not edebilirsiniz."

Bhaskar, "Evet efendim, bir kalem ve kağıt getirmeme izin verin. Çantamda orada." Bisikletine koştu. Bhaskar kağıdı ve kalemi getirdi ve bilge ayrıntıları yazdı.

Gazeteyi Bhaskar'a iade eden bilge, "Bir sonraki varış noktan Gangotri" dedi.

Bhaskar küçük bir şaşkınlıkla, "Gangotri, Uttarakhand?" dedi ve bilge tarafından yazılan ayrıntılara bakarak kağıda odaklandı.

Bhaskar kağıdı katladı, cebine koydu ve sonra çok kibarca sordu, "Efendim, bir soru hala beni zorluyor. Beni kümeden getirdiğini söyledin. Ama beni nasıl buldun?"

Bilge dedi ki, "İçinde gerilim gibi bir şey yok. Kulübemin dışında oturuyordum ki, sürekli korna çalan gök gürültülü bir vroom ve ardından gürleyen bir ses duydum. Bunlar kaza geçirdiğinizde motosikletinizin sesleriydi."

Bhaskar şaşkınlıkla bağırdı, "Kaza! Herhangi bir kaza geçirmedim. Ve Kaplan! Kaplanı gördün mü? Kocaman beyaz bir kaplan!"

Bilge yüksek sesle güldü. "Sanırım yine bir rüya gördün. Ormanın bu bölümünde kaplan yok ve beyaz bir kaplandan bahsediyorsunuz. Bütün eyalette beyaz kaplan yok." Bilge hala aralıklı olarak gülüyordu.

Bhaskar, "Efendim, inanın bana. Bisikletimi çalıştırmak üzereydim ki, patikanın karşısında, düşmüş Peepal ağacının hemen yanında duran kocaman beyaz bir kaplan gördüm. Hadi gidelim, sana göstereceğim."

Bilge kaşlarını daralttı ve "İzin her iki tarafında uzun otların olduğu düşmüş Peepal ağacından bahsediyorsun" dedi.

Bhaskar, "Evet, tam olarak" dedi.

Bilge şaşkınlıkla konuştu, "Ne! Burası buradan yaklaşık yedi ila sekiz kilometre uzaklıkta."

Bhaskar şaşkınlık içinde, "Bu nasıl mümkün olabilir? Her şeyi net bir şekilde hatırlıyorum. Ana yoldan yaklaşık on iki kilometre uzaklaştım ve o dev ağacın yarattığı tıkanıklık nedeniyle durdum. Bisikletimi orada bıraktım. Yaklaşık yarım saat boyunca trekked ve açık kayalık bir zemine ulaştım. Bir leopar gördüm ve oradan koştum. Yolumu kaybettim ve bir süre sonra tekrar topraklanmış Peepal ağacının aynı noktasına ulaştım. Bisikletimi aldım, çalıştırdım ve aynı anda, patikanın karşısında duran kocaman beyaz bir kaplan gördüm ve sonra kulübende uyandığımı hatırlıyorum. "

Bilge, "Düşen ağacın yerinin otoyoldan yaklaşık on iki kilometre uzakta olduğu doğrudur, ancak otoyol buradan sadece dört kilometre uzakta olduğu için nokta buradan yaklaşık sekiz kilometre uzaklıktadır ve bahsettiğiniz kayalık zemin şüphesiz leoparların yaşam alanıdır ve bu Peepal ağacından yaklaşık üç kilometre uzaklıktadır. Yani, tüm açıklamalarınız doğru görünüyor, ancak bir kaplana ve özellikle beyaz bir kaplana inanılamaz, çünkü ormanın bu bölgesinde kaplan yoktur ve tüm eyalette beyaz kaplan yoktur. Kafanız karışmış olabilir. Benzer şekilde, hatırladığın son nokta hakkında kafan da karışık."

Bhaskar tam bir güvenle konuştu, "Efendim, kafam karışmadı, birazcık bile. Lanet olası eminim."

Bilge aniden bir şey hatırlamış gibi tepki verdi. Ellerini kaldırdı, gökyüzüne baktı ve şöyle dedi: "Ey Her Şeye Gücü Yeten, Her Şeyi Bilenler ve Her Yerde Bulunanlar, Sen her yerdesin. Gerçek adanmışlarınızın sözlerini hayal kırıklığına uğratamazsınız."

Sonra yüzünü Bhaskar'a doğru çevirdi ve şöyle dedi, "Oğlum, şimdi git ve ruhunu yüksek tut. Doğru yolu seçtiniz. Tanrı'nın lütfu ve Acharya Ji'nin kutsamaları sizinle."

Bhaskar tamamen suskundu ve bilgenin gökyüzüne doğru gergin konuşması onun için anlaşılmazdı. Bilge onu teşvik ettiğinde huşu içindeydi, "Yüce Güç tarafından düğümlenen bağları çözmeye çalışırken zamanını mahvetme. Onlar insanın anlama yeteneklerinin ötesindedir. Tam bir güven ve itimatla devam edin."

Bhaskar derin bir uykudan uyanmış gibi hissetti. Bilgenin ayaklarına dokundu ve bisikletine doğru yürüdü . Birkaç dakika içinde, hala orada duran ve ellerini gökyüzüne doğru katlamış olan bilgenin gözünden kayboldu .

Örümcek Ağlarının Temizlenmesi

Haskar eve ulaştı ve yolculuğunun kısaltılmış raporunu ailesine anlattı. Onlara Panna'ya oldukça rahat bir şekilde ulaştığını ve ormanlık bir alanda bulunan bir yerde yaşayan Shastri Ji ile tanıştığını ve sonra güvenli bir şekilde geri döndüğünü söyledi. Ayrıca onlara, bisikleti kötü bir yolda kaydığı için küçük bir kaza geçirdiğini, çünkübabasının bisikleti bir dakika gözlemleyeceğinden emin olduğunu söyledi. Bir kaplanla karşılaşma olaylarını ve Shastri Ji'nin bulunduğu yere ulaşmanın gizemli yolunu gizledi. Rahip referansından da bahsetmedi. Annesi kazayı öğrendikten sonra herhangi bir tartışmaylailgilenmedi . Bhaskar'dan banyo yapmasını, öğle yemeği yemesini ve dinlenmesini istedi. Bhaskar da öyle yaptı ve yatağa gitti.

Bhaskar gözleri kapalı yatakta yatıyordu ama uykusundan kilometrelerce uzaktaydı. Birden fazla düşünce ona koştu ve tapınağa gidip rahiple buluşabilmek için akşamı bekledi . Bilgenin rahiple tek başına buluşma ipucu karşısında kafası karışmıştı. Aklında birçok soru dolaşıyordu . *Rahip bir şey mi saklıyor? Babamın varlığı bilgiyi etkileyebilir mi? Babam bazı gerçekleri gizliyor mu?*

Saat akşam beşi gösterir göstermez, Bhaskar odasından çıktı ve "Anne, yürüyüşe çıkıyorum" dedi ve evden ayrıldı . Hızlı birşekilde yürüdü ve böylece yarım saat içinde, köyün sınırından yaklaşık bir kilometre uzakta, bir kümenin ortasında bulunan tapınağa ulaştı.

Ana kapının içindeki küçük kapı açık olduğu için tapınak binasına girdi. Tam bir sessizlik vardı. Ana tapınağın içine girdi ve tüm kampüsü damgaladı ama hiçbir şey gözlemlemedi. Bu yüzden yüksek sesle konuştu. "Burada kimse var mı?" İnce bir ses duydu. "Kim varsa orada. Arka bahçedeyim." Tapınağın arka tarafına geçti ve rahibi zemini süpürürken buldu. Onu tam bir saygıyla selamladı.

Rahip gülümsedi ve "Bhaskar! Oğul! Ah, bu sensin! Gel." Ona,n yaşlı bir Peepal ağacının etrafında dönen platforma oturması için işaret etti. Bhaskar üzerine oturdu ve bir süre sonra rahip ona katıldı.

Rahip, "Oğlum, bugün buraya nasıl geldin?" dedi.

Bhaskar, alçak sesle, "Efendim, buraya birkaç soruyla geldim. Dün Panna'yı ziyaret ettim ve sizinle gizlilik içinde buluşmamı isteyen Shastri Ji ile tanıştım. Aslında, babam yakınlarda değilken seninle buluşmamı tavsiye etti. Babamın varlığı nedeniyle benden gizlenen gerçekleri öğrenebilir miyim?"

Rahibin yüzü kasvetli bir hal aldı ve konuştu: "Acharya Ji'nin yanında altı yıl boyunca senin evinde kaldım. Ancak, son nefesine kadar iletişimde kaldım. Kendimi evinden bu binaya kaydırdıktan sonra bile, her gün en az üç-dört saat boyunca ona giderdim."

Bhaskar'ın gözleri şaşkınlıkla genişledi, "Ama sen o gün olayları tamamen farklı bir şekilde tarif ettin."

Rahip dedi ki, "Oğlum, başka türlü düşünme, ama babanın huzurunda gerçeği söyleyemedim, çünkü bana birkaç olayı herkesten gizlememi söyledi. Onun isteğine göre hareket ettim, ama vicdanım içimde zonklamaya devam etti. Acharya Ji'nin ölümünden sonra son ritüellere katılmak için gelen Shastri Ji'ye her şeyi anlattım. O da kendini kötü hissediyordu, ama benden babanın talimatlarına uymamı istedi. Ona vicdanımdaki yükü sorduğumda, bana şöyle dedi: "Gerçek bir süre gizlenebilir ama yok edilemez. Gereksiz yere panik yapmayın. Gerçek, zamanı geldiğinde kendi kendine ortaya çıkacaktır. '"

Bhaskar şaşkına dönmüştü. "Peki bu gerçek neydi?" dedi. Rahip dedi ki, "Acharya Ji son nefesini kucağımda aldı. Sizi mirasının halefi olarak ilan etti. Dedi ki, *"Ailemde Bhaskar'dan başka geride bıraktığım mirası taşımayı hak eden kimse yok. Lütfen ona bundan bahset. Bu odada bulunan her eşya bozulmadan tutulmalıdır. Bu odada bulunan her şey sadece burada tutulmalı, el değmeden tutulmalıdır. Sadece Bhaskar bu şeyleri kullanma hakkına sahip olmalıdır, çünkü başkalarına önemsiz görünebilecek bu şeylerin gerçek değerini sadece o anlayabilir. Çocuğuma kutsamalarımı ver, çünkü onu beklemek için yeterli zamanım yok. Son üç gündür oğlumdan Bhaskar'ı yatılı okuldan getirmesini istiyorum, böylece onu son kez görebiliyorum. Fakat Bhaskar'ın babası bana hiçbir şey olmayacağını ve Bhaskar'ı eve çağırmanın sadece çalışmalarını etkileyeceğini düşünüyor. Oğlunun tek ve tek bir amaçla eğitim almasını istiyor - muazzam güç ve para tutan bir devlet işi almak. Eğitimin amacı bu değildir. Pozisyon üretme eğiliminde olan bir sistemin eğitim olduğu söylenemez. Bu sadece amacı ve hedefleri olmayan, sadece motivasyonları olan bir iştir. Eğitim, bir çocuğun doğal yeteneğini beslemek ve aynı zamanda onu sosyal olarak onaylanmış bir şekilde hareket etmek ve sapkın davranışlardan kaçınmak için eğitmekle ilgilidir. '"*

Rahip, Bhaskar'ın yanaklarından akan gözyaşlarını görünce bir süre durdu.

Bhaskar, aralıklı hıçkırıklarla, "Lütfen devam edin" dedi.

Rahip, "Oğlum, bildiğim tek şey bu. Her şeyi aynen babana anlattım. O da babasının ölümüne çok üzüldü. Acharya Ji'ninkinden farklı bir yaşam algısına sahipti, ama bu bir oğlun babasına olan bağını etkilemedi. Acharya Ji'nin her dileğini yerine getirdi, ama senin için endişelendi, bu yüzden ana çalışma kursunuzdan saptırılmamanızı sağlamaya çalıştı. Bu yüzden, mesajı herkesten gizlememi ve iyi bir iş bulana kadar size açıklamamamı söyledi. Dada Ji'nin yaşam tarzını takip etmemen için endişeliydi. Ama baban hakkında kötü düşünmemelisin. Babasına her zaman saygı duymuş ve onun isteği doğrultusunda eşyalarını tüm özenle saklamış ve odanın bakımını yapmıştır. Ancak, babanız da yaşam anlayışına göre haklıydı. Hayatında karşılaştığı finansal zorluklar onu her şeyi parasal değer ölçeğinde değerlendirmeye zorladı." Sonra rahip ciddi bir notla, "Sözünü arıyorum. Lütfen babana sana bir şey ilettiğimi asla açıklama."

Bhaskar, "Endişelenmene gerek yok. Onunla ilgileneceğim."

Rahip dedi ki: "Babana sayısız iyiliği ve yardımı için borçluyum. Hala talimatlarını ihlal ederek onu aldattığımı hissediyorum. Ama vicdanım borçluluk duyguma hakim oldu ve bu yüzden bunu sizinle paylaştım."

Bhaskar rahibi selamladı ve ana kapıya doğru yürüdü. Birdenbire rahibin onu çağırdığını duydu, bu yüzden durdu ve ona doğru döndü.

Rahip dedi ki, "Bir keresinde Acharya Ji bana her zaman 'Bunu daha önce yapmalıydım' veya 'Bu fırsatı daha önce almalıydım' diyerek şikayet eden birçok insan olduğunu söyledi. ' Bilmeden, Tanrı tarafından kararlaştırılan kozmik güzergaha meydan okuyorlar. Erken veya geçin, evrensel bağlamda herhangi bir önemi olmayan kendi zaman dilimleri olduğunu anlamaları gerekir. Her şey planlanan zamanda gerçekleşir."

Bhaskar ona başını salladı ve sonra bir düşünce fırtınasıyla eve yürüdü. Babasının gerçeği gizlediğini düşünüyordu ama amacı kimseye zarar vermek değildi. Daha ziyade, kendisine doğru görünen her ne ise, oğlunun yararına hareket etti. Çok fazla düşündükten sonra, rahipten bilgi alma belirtisi göstermemeye karar verdi ve babasını suçlu hissettirmenin günah olduğunu düşündü. Bulanık zihninin berraklaştığını ve belirsizliğin hantal yükünün vicdanından kalktığını hissettiği için çok rahatlamış hissetti.

Acemi Birliği'nde Çırpınma

He sabahın erken saatlerinde Gangotri'ye ulaştı. Otobüs durağının yakınında bulunan bir yatakhaneyi kontrol etti ve yere yayılmış altı yatağın bulunduğu bir salona ulaştı. Ayakkabılarını çıkardı ve bir şiltenin üzerine düştü. Birkaç dakika içinde uykuya daldı.

Aceleyle uyandı ve etrafına baktı. Odada ondan başkası yoktu. Saatine baktı. Saat 12:30'du ve bu kadar uzun uyuduğu için kendine kızdı. Banyo yaptı ve çabucak giyindi. Sırt çantasını giydi ve adrese doğru yolculuğuna başladı.

Yurdun bekçisine adresi sordu. Bekçi ona o bölgede de yeni olduğunu, oraya sadece üç gün önce vardığını söyledi. Bhaskar'a orada elli ailenin yaşadığını, bu yüzden bir adres bulmanın zor olmayacağını söyledi.

Bhaskar yatakhaneden dışarı çıktı ve kendisine doğru gelen yaşlı bir adama adresi sordu. Yaşlı adam onu anında dar bir sokağın indiği bir noktaya doğru yönlendirdi ve "Gideceğin yer o evlerden biri olacak" dedi.

Bhaskar ara sokağa indi. Birkaç evi geçti ve bir evin kapısında oturan yaşlı bir kadını fark etti. Onu tam bir saygıyla karşıladı ve adresi sordu. Bayan hemen parmağını bir eve doğru işaret etti ve "Sarı ev, ağacın yanında" dedi.

Bhaskar hızla hareket etti ve hanımefendiye minnettarlığını ifade etti. Eve ulaştı ve durdu. Kapının ahşap çerçevesine çivilenmiş eski bir bakır isim plakası fark etti ve üzerinde "Swami Vinayak Pandey" yazıyordu.

Bhaskar, ev sahibinin adından emin oldu. Kapı açıktı, ama perde yayılmıştı. Kapıyı çaldı ve içeriden anında bir cevap geldi. "Kim var orada?" Ses aslında kadınsıydı.

Bhaskar, "Buraya Swami Vinayak Pandey ile tanışmaya geldim" diye yanıtladı.

Kadınsı ses, "O evde değil" dedi.

Ses kaynağının ziyaretini bu kadar çabuk bertaraf etme niyetini deneyimleyen Bhaskar, "Ma'a m, Madhya Pradesh'tenSwami Ji ile tanışmak için geldim. Lütfen bana onunla ne zaman buluşabileceğimi söyler misin?"

Bhaskar bir cevap bekledi ama cevap gelmedi. Bu yüzden tekrar ısrar etti, "Ma'am, lütfen bana söyle."

Birdenbire perde çekildi ve kapıda güzel bir kız belirdi. Bhaskar'ın gözleri kızın yüzüne bakarken genişledi. Kızın büyüleyici güzelliği karşısında suskun kaldı. Kız neredeyse yirmi bir yaşındaydı. Parlak bir görünüme ve mükemmel bir fiziğe sahipti. Bhaskar'ın yanıp sönmeyen gözlerini fark etti ama sinirlenmedi. Belki de kız çekici kişiliğinden ve yakışıklılığından da etkilenmiştir.

Daha ziyade gülümsedi ve "Evet, kiminle tanışmak istiyorsun?" dedi.

Sesi, bir zilin melodik sesi kadar mellifliydi. Bhaskar, şimdi büyüleyici huşu durumundan kurtuldu, şaşkın tepkisinden utandı. Kızı çok kibar bir şekilde selamladı ve "Benim adım Bhaskar Dixit. Buraya Madhya Pradesh'in Tikamgarh ilçesinde bulunan bir köyden geldim. Buradan yaklaşık bin kilometre uzaklıktadır. Swami Vinayak Pandey büyükbabamın öğrencisiydi. Ondan bazı bilgilere ihtiyacım var."

Kız, "Tamam, Swami Vinayak Pandey benim büyükbabam, ama artık burada yaşamıyor" dedi.

Bhaskar'ın yüzü hayal kırıklığıyla donuklaştı. Yalvardı: "Lütfen bana adresini verir misiniz? Onunla tanışmaya çok ihtiyacım var. Lütfen!"

Kız ona sempati duydu ve onu evin içine girmeye davet etti. Bhaskar içeri girdi ve üzerinde temiz minderler bulunan eski moda tel dokuma bir kanepenin yerleştirildiği bir odaya ulaştı. Kız oradaoturmamı istedi ve içeri girdi. Oda çok temiz ve temiz, diğer köşede temiz beyaz bir çarşaf ile kaplı bir yatak ile tek kişilik bir yatak vardı. Duvarda asılı birkaç çerçeveli fotoğraf vardı. Sandalet tütsü hafif kokusu odada mevcuttu.

Bir süre sonra, kız ortaya çıktı ve önüne bir bardak su içeren bir tepsi yerleştirdi. Hemen arkasında, evin içinden orta yaşlı bir bayan belirdi ve yatağa oturdu. Kız kadını annesi olarak tanıttı ve Bhaskar onu selamladı.

Hanımefendi, "Kızım Sanjana bana senden bahsetti. Swami Vinayak Pandey benim kayınpederim. Gangotri tapınağının baş rahibiydi. Üç yıl önce görevinden ayrıldı, sonra oğlu, yani kocam baş rahip olarak atandı. Kendisi aileyi terk etti ve şimdi Tapovan'da bir ashramda yaşıyor. O zamandan beri onu görmedik. Kocam refahı hakkında düzenli güncellemeler almayı başardı. Sağlığı yerinde ve yerdeki huzur ve sakinliğin tadını çıkarıyor. Tanrı'ya olan bağlılığı aracılığıyla kendini tamamen teslim ederek memnuniyet yaşar. Tapovan buradan çok uzak değil, ama oraya geçiş aşırı araziden geçiyor. Onunla tanışmak istiyorsan, oraya gitmelisin. Ancak, kocamla bir sözünüz olmasını öneririm. Eve gelmek üzere. Şans seni desteklesin ve kocamdan istenen bilgiyi alırsan Tapovan'a gitmene gerek yok."

Sanjana tekrar ortaya çıktı ve bu sefer bir fincan çayla. Bhaskar bardağı aldı ve bir yudum aldı. Çayın tadı ona annesinin hazırladığı çayı hatırlattı.

Birdenbire, açık tenli, traşlı kafalı, alnında büyük sarı bir iz taşıyan ve safran bir elbise giymiş sağlam bir adam evin içine girdi. Özetle, muhteşem bir kişiliğe sahip bir keşişti. Bhaskar, evin sahibi ve Sanjana'nın babası olduğunu fark etti . Keşiş evinde bir yabancı görünce biraz şaşırdı. Bayan çabucak kocasını Bhaskar'la tanıştırdı.

Bir saygı jesti olarak, Bhaskar ayağa kalktı ve onu ortaklaşa katlanmış elleriyle selamladı. Bayan daha sonra Bhaskar'ı kocasıyla tanıştırdı.

Keşiş bir süre Bhaskar'a baktı, kanepeye oturdu ve konuştu, "Acharya Ji'nin büyük kişiliğine aşinayım. Babam bana skolastik başarılarından bahsederdi. Onun soyunda doğma ayrıcalığına sahipsiniz. Ancak, ebeveynleriniz de sizin gibi dinamik, yakışıklı ve parlak bir oğula sahip oldukları için ayrıcalıklı ve şanslılar. Lütfen bana söyle. Size nasıl yardımcı olabilirim?"

Bhaskar, keşişin nazik sözlerinden biraz utandı. Gözlerini indirdi ve sonra odadaki diğer insanların tepkisini ölçmeye çalıştı. Hanımefendinin yüzündeki sevgi duygularını gözlemlerken, Sanjana'nın parlayan gözlerine sakin bir gülümseme eşlik ediyordu.

Gelişinin gerçek nedenini gizlemeye çoktan karar vermişti. Doğuştan gelen parlak hikayeler dokuma kalitesiyle Bhaskar, hayali bir hikaye anlatmaya hazırdı.

Dedi ki, "Bölgemizin güçlü ve varlıklı bir ailesi, tarım arazimizin bir parçasını ele geçirmeye cazip geldi. Aile, inşaat, emlak ve diğer benzer işlerle uğraşan birden fazla firmayı yönetmektedir. Güçlü siyasi bağlantıları var. O ailenin bir ferdi evimize geldi ve bu araziyi şirketine satmakta ısrar etti, ancak babam teklifini kibarca reddetti. Ondan sonra, toprağı satmadığımız içinbizi baskı altına almaya ve korkunç sonuçlarla tehdit etmeye başladılar. Babam, toprağın atalarımızın mutluluğunu sembolizeettiğini ve bu nedenle ne pahasına olursa olsun satılamayacağını açıkça belirtti. Birkaç hafta sonra, yerel gelir dairesinden arazi mülkiyetimizi boşaltmamızı isteyen bir tahliye bildirimi aldık. Paniklendik ve gelir dairesine başvurduğumuzda, bu insanların o araziye sahip olmak için başvurduklarını öğrendik. Mülkün gerçek sahibi oldukları iddiasını desteklemek için bir satış tapusu sundular ve bizi gaspçı ilan ettiler. Sunulan belgelerin sahte olduğundan eminiz. Avukatımız ayrıca, mahkemenin konuyu sadece bu belgeye dayanarak karara bağlamayacağını, ancak satış tapusunun mülkiyet iddiası için önemli bir belge olduğunu kabul etmiştir. Bu nedenle, dava uzun süre beklemede kalabilir ve nihai kararın gelmesi on ila on beş yıl bile sürebilir. Belgeyi yakından incelediğimizde Swami Vinayak Pandey'in adının satış senedinin tanıklarından biri olarakkaydedildiğini gördük. Avukatımız, Swami Ji'nin satış senedinde adı geçen isminin sahte olduğunu ve imzasının sahte olduğunu beyan eden bir beyanda bulunması durumunda böyle bir senedin asla var olmadığını ileri sürmüştür. Bu senaryoda, davadaki nihai karar anında verilecektir. Bu niyetle, buraya Swami Ji'nin yardımını aramaya geldim."

Bhaskar'ın sözlerini duyan üç aile üyesinin de yüzlerinde sempati ifadeleri vardı. Kadın Bhaskar'a büyük bir sempatiyle baktı ve şöyle dedi: "Oğlum, Tanrı'nın değirmeni yavaş öğütüyor, ama çok iyi öğütüyor. Kötülük ne kadar güçlü olursa olsun, iyilik her zaman daha güçlüdür. Tanrı, gerçek adanmışlarına karşı adaletsizliğe asla izin vermez. Bir yalanın her zaman bazı sızıntıları vardır ve bu suçlular kaybedecektir. Yalan söyleyerek başkalarını yanıltanlar veya zarar verenler için cehennemdeki ceza sabittir."

Bhaskar, hanımefendinin son cümlesinin kalbinde battığını hissetti. Kendisinin de yalan söylediğinifark etti. Aileyle sadece birkaç dakika önce tanışmıştı, ama nedense onlara yalan söylediği için kendini son derece suçlu hissediyordu. Kalbinin derinliğinden utanıyordu. Onlara doğruyu söylemiş olsaydı, en fazla, güleceklerdi ya da onu aptal olarak göreceklerdi, ama en azından, bu kendini suçlamaktan kurtulmuş olacaktı.

Er ya da geç onlara gerçeği açıklayacağına ve yalanının nedenini açıklayacağına dair yüreğinde bir yemin etti. Ayrıca eyleminden dolayı hepsinden özürdileyecekti.

Bhaskar, keşişin etkileyici sesi onu gerçeğe geri getirdiğinde kendi duygu kargaşasında kayboldu. Dedi ki, "Oğlum, şimdi sadece babamın senin problemini çözebileceği ve kesinlikle sana yardım edeceği açık. Bu, Tapovan'a gitmeniz gerekeceği anlamına gelir. Sanırım buraya ilk defa geldin."

Bhaskar sadece başını olumlu yönde salladı.

Keşiş dedi ki, "Gangotri'ye ilk kez geldiğine göre, Tapovan'a aşina olman söz konusu değil. Gaumukh veya Tapovan'ı ziyaret etmenin bölge yönetiminden ve orman departmanından izin alınması gerektiğini bilmelisiniz. Gaumukh'a kadar bir katır sürebilirsiniz, ancak oradan Tapovan'a ulaşmak için buzulu yürümeniz ve geçmeniz gerekecek. Bunun zor bir yolculuk olacağını ve dayanıklılığınızı, gücünüzü ve iradenizi test edeceğini anlamalısınız. Dahası, sezon zorluklarınızı daha da ağırlaştıracaktır. Kış gelmek üzere ve önümüzdeki iki hafta içinde Gangotri tapınağı altı ay boyunca kapalı olacak. Vijayadashami festivali bu hafta düzenlenecek , bu yüzden bir navigatör veya rehber bulmak da zor olacak. Ziyaretinizi şimdi ertelemenizi ve Nisan ayı için planlamanızı öneririm. Mevcut şartlar altında, şimdi eve dönmek ve Nisan ayında tekrar gelmek daha iyi olurdu. "

Bhaskar, aileye destek için teşekkür etti ve onlara ancak durum normal görünürse yolculuğa çıkacağına dair güvence verdi. Bhaskar evden ayrıldı , ancak bilinmeyen birduygu onu aileden ayrılırken üzülmeye zorladı. Arkasını dönüp Sanjana'nın kapıda olup olmadığını görmek istedi. Uzun bir süre geriye bakma düşüncesini geri çekti, ancak sokağın dönüşünü görür görmez, bunun geriye bakmak için son şans olacağını fark etti. Döndükten sonra, Sanjana'nın evine bir göz atamayacaktı. Bu düşünce onun kısıtlamasını kırdı, bu yüzden anında durdu ve geriye baktı. Sanjana hala kapıda duruyordu ve onu izliyordu. Bhaskar döner dönmez, Sanjana utandı ve kendini evin içine çekti. Olay, Bhaskar'ın kalbine garip, karışık romantizm, mutluluk ve yakınlık duyguları aşıladı.

Sahte Pas

Haskar yurda ulaştı ve tesisin bekçisine Tapovan'ı ziyaret etmek için izin alma süreci hakkında sorular sordu. Bir navigatör aradı ama bulamadı. O noktada bir rehber ya da gezgin bulmanın çok zor olacağını öğrendi, çünkü kış gelmişti ve tapınak bir hafta içinde altı ay boyunca kapalı olacaktı. Bu yüzden, biraz hayal kırıklığı ile yerel ofise yaklaştı ve izni verdi. Bir denizcinin bulunmaması nedeniyle, ziyareti sadece Gaumukh'a kadar yetkilendirildi.

Gaumukh'u ziyaret etmekle ilgilenmediği için kararsız hissediyordu. Öncelikli hedefi Tapovan'a ulaşmaktı. Bir düşünce kargaşası içindeydi ve sonunda yolculuğa çıkmaya karar verdi. Ötesine geçme ve Tapovan'a izinsiz ulaşma olasılıklarını aramak için buzul terminaline gitme şansını yakalamaya karar verdi. Bilmediği ve engebeli arazide tek başına seyahat etmenin zorlu ve riskli olacağını çok iyi biliyordu. Ama mantığını, ilk noktada oturmaktansa yarıdan dönmenin daha iyi olduğunu iddia ederek teselli etti.

Böylece, tüm gerekli bilgileri topladı ve yolculuğuna sabahın erken saatlerinde başlamayı planladı. Yurda döndü ve bir dükkandan satın aldığı haritaları açtı . Zaten coğrafyada iyiydi ve harita okuma yeteneği vardı. Fiziksel bir harita, topografik bir harita, iklim haritası, bölgenin jeolojik özelliklerinin tematik bir haritası ve bir navigasyon haritası elde etmeyi başarmıştı. Haritaları çok ince inceledi. İki saatten fazla süren derin gözlem ve hesaplamalardan sonra alternatif bir rota buldu. Bu rotanın buzulun ve kontrol direğinin sonunu atlayacağına dair kendine güvence verdi, çünkü ayrıntıları üç kez kontrol etti ve mevcut çeşitli kaynaklardan hesaplamaları çapraz hesapladı.

Bhaskar'ın buzulun kökenini ziyaret etmekle ilgisi yoktu ve sadece kontrol noktasını atlamakla ilgileniyordu. Buzul kontrol noktasından bir mil önce, alternatif rotayı alacağı bir nokta belirledi. O noktaya kadar her zamanki izi takip etmeye karar verdi. Her yönün artılarını ve eksilerini düşündü ve her şeyi birçok kez yeniden kontrol etti. Tamamen tatmin olduktan sonra, kollarını omuzlarının üzerine kaldırdı ve zafer kazandı, "Evet!" Tapovan'a izin zorunluluğundan kurtulmasını sağlayacak bir yol bulduğu için mutluydu.

Bhaskar sadece çok az dünyevi bilgeliğe sahip bir gençti. Ziyaretçilere kısıtlama uygulamak için kurulan izleme sistemini kırmakta muzaffer hissetti . Kendini yatağa koydu ve iki saat içinde soruna bir çözüm sunmak için verimliliğini düşünmeye başladı. Daha sonra, belki de hacıların, macera turistlerinin ve orada rehber veya gezgin olarak çalışanların rota yönetiminde bu kadar büyük bir boşluk bulacak kadar yetkin olmadıklarını düşünmeye başladı. Ayrıca yerel yönetimi sistemin acınası eleştirmenleri olarak görüyordu. Bhaskar, "Bu yol halka açık hale gelseydi, izin verme sistemi anlamsız hale gelirdi" diye düşündü.

Şu anda son derece narsist hissediyordu. Kendine özgü özelliği, babasının ona birçok kez söylediklerini unutturdu.

"Güven ve aşırı güven sadece marjinal olarak ayrıdır. Kendi yeteneklerinizi düşündüğünüz zamana kadar, güvenin tadını çıkarırsınız ve başkalarına karşı üstünlüğünüze odaklanmaya başladığınız andan itibaren, aşırı güvenin kurbanı olursunuz. "

Basamak Taşları

Haskar yolculuğuna sabahın çok erken saatlerinde Gangotri tapınağında dua ederek başladı. Yanına sadece temel eşyaları aldı ve kalan eşyaları plastik bir torbada paketlenmiş halde yatakhanede bıraktı. Yorucu bir yürüyüş sırasında mümkün olan en az bagajı taşımanın önemini biliyordu. Trekking noktasına ulaşmak için merdivenleri tırmandı ve parkur boyunca yürümeye başladı. Birkaç dakika içinde kontrol direğine ulaştı. İzni, çantasında taşıdığı plastikler için kontrol eden bir güvenlik görevlisine gösterdi.

Formaliteler sırasında Bhaskar, biraz yakınlık yaratmak için güvenlik personeliyle tatlı tatlı konuştu. Dedi ki, "Gerçekten, bu kadar aşırı arazide çalışmak yorucu bir görev. Sizler göreve adanmışlığın parlak bir örneğisiniz." Personel gülümsedi.

Bhaskar, "Kalbimin derinliklerinden konuşuyorum. Bunca olumsuzluğa ve zorluğa rağmen görevlerinizi yerine getirme ruhunuzu selamlıyorum."

Personel şimdi nezaketine başını sallayarak karşılık verdi ve takdir sözleri için minnettarlığını ifade etmek için eliyle işaret etti.

Bhaskar, "Sanırım bu tür ifadeleri yapan ilk kişi ben değilim. Buraya gelen herkes benzer duygulara sahip olmalı."

Açıklama, güvenlik personelini acısını yüzeye çıkarmaya kışkırttı ve "Hiç de değil kardeşim. Birçoğu buraya geliyor ve kavga ediyor, birçoğu kabalaşıyor ve birçoğu zamanlarını işe yaramaz formalitelerle boşa harcadığımızı düşünüyor. "

Bhaskar, sempatisini göstermek için dudaklarını sıkıca birleştirerek ve sonra aniden onları birbirinden ayırarak alçak bir ses çıkardı. Rotadaki tüm kontrol noktalarının yerlerini bilmesine rağmen, Bhaskar, "Belki de rotadaki tek kontrol noktası budur" dedi. Güvenlik görevlisi ona, "Hayır, iki tane daha var; sonuncusu Gaumukh'ta. İnsanlara yardım etmek için buradayız, ancak birçok insan bizi düşman olarak görüyor. Bir keresinde, üç çocuktan oluşan bir grup, Gaumukh kontrol noktasında ısrar etti ve daha ileri gitmelerine izin verdi. Ötesine geçme izni olmamasına rağmen, personelle kavga ettiler ve ayrıca bir personeli de idare ettiler. Kontrolnoktasından döndükten sonra, bu çocuklar Tapovan'a ulaşmak için terk edilmiş bir yol izlediler ve yollarını kaybettiler. İkisi hayatını kaybetti ve biri aynı kontrol noktasının personeli onu kurtardığı için bir şekilde hayatta kaldı. "

Bhaskar da şok olmuş ve üzgündü. Dedi ki, "Dünya farklı zihniyetlere ve bakış açılarına sahip insanlarla dolu. Lütfen iyi işlerinize devam edin." Sonra hoş bir gülümseme sergiledi ve "Şimdi, trekking yapmaya devam etmeliyim. Aksi takdirde erken başlama avantajını kaybedebilirim. Siz insanlarla tanışmak güzeldi." Kontrol karakolundaki personele el salladı ve yolculuğuna devam etti.

Bhaskar, kontrol karakolu personelinden çok önemli iki girdi almıştı. İlk olarak, buzuldaki kontrol noktasını atlamak mümkündü ve bu nedenle kontrol noktasını atlayarak ve alternatif bir rota benimseyerek Tapovan'a ulaşma planı oldukça uygulanabilirdi. İkincisi, alternatif bir rota onun varsayımından daha tehlikeli olabilir . Baba Ji'nin ona kader işaretlerini tanımlamak hakkında söylediklerini hatırladı. Güvenlik görevlisinin, alternatif rotayı, planına göre yolculuğunun daha ileri seyrini almak için yeşil bir sinyal gösteren işaret olarak belirttiğini düşündü. Kararlıydı ve kararlı bir iradeyle ilerledi.

Rota fiziksel olarak zorluydu, ancak Bhaskar'ın zindeliği ve dayanıklılığı işe yaradı. Bhaskar yürüyüş ayakkabılarına ihtiyaç duydu. Evden ayrılırken böyle bir durumla karşılaşmayı beklemiyordu, aksi takdirde yürüyüş ayakkabılarını ve diğer aksesuarlarını paketleyebilirdi. Ağır bir ceket ve balaklava taşıması konusunda ısrar eden annesine şükranlarını iletti. Rotanın ilk kısmı kolaydı ve yolculuğuna çam ağaçlarının ve bitki örtüsünün rahatlatıcı manzarasının tadını çıkararak devam etti.

Bhaskar, patika oldukça geniş olduğu için kendini rahat hissediyordu ve Bhagirathi Nehri'nin sol tarafında yürümeye devam etti. Tüm vadinin güzelliği onu eğlendirdi. Sudarshan Zirvesi'nin manzarasını gördü ve hayatında ilk kez karlakaplı bir dağ gördüğünde büyülendi. Yol boyunca birçok dereyi geçti. Sırt çantası ağır değildi, bu yüzden trekking direğini kullanmaya gerek kalmadan kolayca yürüyebiliyordu. Sadece aşırı hayatta kalma koşullarına sahip bilmediği bir bölgede yalnız kalmaktan endişe duyuyordu. Tek bir mola verdikten sonra, yol kenarında bir tesis gördü ve Chirbasa'ya ulaştığını fark etti. O zamana kadar saat 10'du ve bir fincan çay içmek için durmaya karar verdi.

Atıştırmalıklar ve çay içerken tesis sahibiyle konuştu ve günün ilk yürüyüşçüsü olduğunu ve dün tesisten sadece dört kişilik bir grubun geçtiğini öğrendi. Adam ona kış yaklaşırken şimdi daha az turist gördüklerini ve çok yakında Gangotri tapınağının altı aylık bir süre için kapatılacağını söyledi.

Hala beş kilometre uzaklıktaki Bhojwasa'ya doğru yürüyüşüne devam etti. Çam ormanını geçti. İzin heterojen yamaçlarda çamurlu olduğunu buldu. Ayrıca iz ve azalan ağaç çizgisi ile birlikte kademeli yükselişi hissetti. Kayalar ve tortular arasında iki saat boyunca yürüyüş yaptıktan sonra, vadinin genişlediğini gördü ve bir süre sonra açık bir arazi şeridi gördü. Huş ağacı kümeleri gördü ve sonra birkaç ev gözlemledi. Bu, yürüyüşçülere yiyecek ve konaklama imkanı sunabilecek son yerleşim yeri olan Bhojwasa'ydı.

Bhaskar şimdi nefes nefese kalmıştı ve kendini çok düşük hissediyordu. O zaman kadar saat 14.00'tü ve durmaya ve yerde biraz yemek yemeye karar verdi. Yerel mutfak yemekleri sunan küçük bir dükkanda durdu. Öğle yemeği yedi ve sonra bacaklarını bankta uzattı. Vücudunun ağrıdığını hissetti. Kararlı kararlılığına rağmen, vücudunun şimdilik pes etmek için çığlık attığını hissetti. Yorgun hissediyordu ve oradaki yatakhane onu içeri girmeye çekiyordu. Konaklama ve yatılı tesisleri sağlayan bir ashramı kontrol etti. Şiltenin üzerinde bir gerginlik aldı ve vücudunda binlerce kemik varmış ve her biri ağrıyormuş gibi hissetti. İlk kez yaptıkları yorucu çalışma nedeniyle kaslarının kendi başlarına titreştiğini hissetti. Çok geçmeden Bhaskar uykuya daldı.

Bhaskar uyandı ve bir personelin onu salladığını ve akşam yemeği istediğini gördü. Altı saatten fazla uyuduğunu fark etti. Ayağa kalktı ve vücudunun kramp geçirdiğini hissetti. Yanında getirdiği bir ağrı kesici tableti yuttu ve tazelendikten sonra akşam yemeğini ve ardından bir fincan çay aldı. Artık kendini iyi hissediyordu. Beyni çalışmaya başladı ve dikkatini onu oraya getiren birincil hedefe odakladı. Tüm tesisteki tek misafirin kendisi olduğunu fark etti. Etrafta dolaştı ve bir kamp ateşinin etrafında oturan bir grup personele katıldı. Onlarla Gaumukh ve Tapovan'a geçiş hakkında uzun uzun konuştu. Onlar tarafından verilen her girdiyi tüm dikkatiyle kavradı. Pistle ilgili tüm bilgileri ve güncellemeleri aldığını hissedince gruptan ayrıldı ve yatağa gitti.

Labirentte Bir Kurtarıcı

Bhaskar oldukça erken kalktı ve keşif gezisinin son aşamasına hazırlandı. Buzulun oradan çok uzak olmadığını biliyordu ve kendini kontrol noktasından gizlemek için ekstra özen göstermesi gerekiyordu. Ashramın dışına adım attı ve ürpertici soğuğu hissetti, ancak görkemli dağların kucağında geniş bir otlak genişliğini tutan sitenin güzelliği, huşu duygusundan başka her şeyi unutmasına neden oldu. Birkaç adım atarak, sis ve sisle kaplı muhteşem Bhagirathi masifini gözlemledi. Giderek daralan patikada trekking yapmaya başladı. Buzuldaki kontrol noktasını atlamaya çoktan karar vermişti, bu yüzden nehir boyunca yürüyordu. Ana izi biraz erken terk etmeyi ve buzulu geçmeyi, kontrol noktası personelini ondan habersiz bırakmak için daha büyük bir tur atmayı planladı. İz, saptırmaya karar verdiği noktaya kadar kolaydı.

Saptırılmış rotayı alırken, sadece sınırlı kaynaklardan toplanan bilgilere dayanarak tamamen bilinmeyen bir araziye girdiğinifark etti. Bir an için biraz endişeliydi , ancak haritadan rota ayrıntılarını tekrar doğrulayarak planına ikna olmaya kendini ikna etti. Yeteneklerine, yeteneğine, iradesine ve esas olarak kaderini kucaklamak için doyumsuz arzusuna odaklandı. Bir süre orada durdu ve Yüce Allah'a ve büyükbabasına kısa bir dua etti. Daha sonra saptırılmış rotaya doğru döndü ve planına göre trekking yapmaya devam etti. Yaklaşık iki saat sonra, uzaktan küçük bir buzul akıntısı gözlemledi. Seçtiği rotanın doğruluğu konusunda iyimser hissetti.

Aniden, bulutların toplandığını gözlemledi ve yağmur yağacak gibi görünüyordu. Bhaskar parmaklarını çapraz tuttu, yağmuru uzak tutmak için dua etti. Hızlı yürümeye başladı çünkü yağmur sırasında birbuzul boyunca gezinmenin profesyoneller için bile bir kabus olacağını fark etti ve araziye ilk kez damgasını vuran bir amatördü. Bu onu endişelendirdi. Bhaskar'ı olumlu tutan tek şey, yönü biliyor olması ve ona karşı dikkatli olduğundan emin olmasıydı. Bhaskar hızlı bir şekilde yürümeye devam etti, ama sabahtan beri beş saat boyunca sürekli yürüdükten sonra bile, hala buzulun labirentindeydi. Bhojwasa'dan Tapovan'a giden normal yol altı kilometre uzunluğundaydı ve neredeyse üç saat sürmedi, ancak henüz buzulu geçmemişti. Kendine güveninin tüm zamanların en düşük seviyesine indiğini hissetti ve zihnine bir korku duygusu dökülmeye başladı. Dahası, düşük ışık ona yön ve navigasyon duygusunu kaybettirdi. Zihnini serin tutmaya çalıştı ve birkaç derin nefes aldı. Sonra tekrar yolunu hesapladı ve ilerledi. Yolu kaçırmış olabileceği konusunda kendini teselli etmeye devam etti, ama yine de bundan bir çıkış yolu bulabilirdi. Hızlı yürüyordu ve uzun bir mesafeyi kat ettikten sonra bile hala labirentte sıkışıp kalmıştı.

Durdu ve etrafına baktı; Manzaranın yavaş yavaş hareket ettiğini hissetti. İlk başta, bunu bir yanılsama olarak gördü. Ancak, çok geçmeden, kendini bir moraine üzerinde dururken bulduğunda korktu. Vücudunu parçalayan derin bir titreme hissetti. Tüm gücünü topladı ve hareketsiz bir yüzeye ulaşmak için dikkatle hareket etti. Alnı terle kızarıyordu ve giysilerinin içeriden ıslandığını hissetti.

Farklı bir yönde hareket etmeye başladı ve kayalar ve kayalarla dolu bir alan buldu. Zıpladı, kayan yüzeylerin o korkutucu bölgesinden uzaklaşmaya çalıştı. Aniden, vadinin çıkmaz ucuna ulaştığını fark etti. Öne geçemedi. Üç tarafta dik tırmanışlar vardı. Umutsuzluğa kapıldı ve kontrol noktasında anlatılan üç çocuğun hikayesini hatırladı. İnsansız bir hapishaneye atılmış gibi hissetti. Her tarafına baktı, ama vizyon vadinin her yönünde neredeyse benzer görünüyordu. Fiziksel olarak zaten tükenmişti ve şimdi zihinsel yetenekleri bir çözüm bulmayı düşünmekten bile vazgeçmişti. O kadar korkmuştu ki, sıkıntılara karşı savaşma arzusunu kaybetti. Teslim oldu ve başarısız olduğunu kabul etti. Birkaç saat boyuncazorlukla hayatta kalabileceğini fark etti ve şimdi, kendisini bu sorundan çıkarmakiçin herhangi bir enerjisi veya cesareti yoktu.

Annesini ve her zaman üzerine döktüğü derin sevgiyi hatırladı. Bazen katı görünen ama her zaman her türlü ihtiyaç ve gereksinimiyle ilgilenen babasını hatırladı. Son birkaç nefesini alıyormuş gibi hissetti. İlk kez havadaki oksijen kıtlığını hissetmişti. Sersemlemiş hissetti ve büyük bir kayanın desteğini aldı ve sonra üzerine oturmak için bir kayayı el yordamıyla tuttu. Bir süre sonra kendini biraz daha iyi hissetti ve sol elini kaldırarak 16:30'u gösteren saate baktı. Bhaskar,sekiz saatten fazla bir süredir labirentte mücadele ettiğini fark etti.

Zekâsının sonunda, buzulu sıradan bir çokkürlü bulmaca olarak değerlendirerek sahte bir pas işlediğini ve böylece Tanrı'nın işçiliğini sorguladığını fark etti. Ayrıca, acemi yeteneklerini ve verimliliğini deneyimli profesyonellerinkilerle eşit derecede abartarak bir hata yaptı. Doğanın yaratılışından önce varlığının ihmal edilebilir olduğunu hissetti. Dağlar, kayalar, gökyüzü, kar, hava ve hemen hemen her şey gibi doğanın nesnelerini, zayıf bedeninden ve ilkel zekasından çok daha üstün hissetmek için hissetmeye başladı. Gözlerini kapattı ve yaklaşımını olarak kabul etti. Tanrı'ya dua etti ve kendini beğenmişbiri yetiştirdiği için özür diledi. Evrendeki statüsünün ihmal edilebilir olduğunu ve yetersiz yetkinliğinin Doğanın esrarengiz gizemleriyle eşleşmediğini fark etti. Böylece son çare olarak varlığını Tanrı'ya teslim etti.

Aniden, Bhaskar belirsiz bir zikir sesinin alçak bir sesini duydu. Bunu bir halüsinasyon olarak görüyordu. Tekrar alçak ama sağlam bir ses duydu, birisi "Jay Shiv Shambhu" yu okuyordu. Başını sese doğru çevirdi ve dik bir tepeden inen bir münzevi gözlemledi. Bir insanın böylesine dik bir tepeden bu kadar kolay bir şekilde neredeyse altmış derecelik bir yükselişle indiğine inanamıyordu.

Münzevi hızlı ve ritmik bir akışlahareket etti . Oldukça vals yapıyor ve hızla yaklaşıyordu, elinde bir trident tutuyordu. Münzevi, cinsel organlarını örten bir bez dışında neredeyse çıplaktı. Vücuduna kül bulaşmıştı, keçeleşmiş dreadlock'ları beline ulaşacak kadar uzundu ve sakalının keçeleşmiş izleri göbeğineulaşıyordu. Bhaskar, aşırı hava koşullarında ve donma noktasının altındaki sıcaklıklarda duyuları üzerinde kontrol sahibi olan bir adamı görünce şaşırdı.

Bhaskar'ın yanına geldi ve yaklaşık bir metre ötede durdu. Bhaskar ayağa kalktı ve katlanmış ellerini alnının hizasına kadar kaldırarak onu selamladı. Münzevi, elini kaldırarak mutluluğu işaret ederek tepki gösterdi. Bhaskar, münzeviye taşın üzerine oturmasını teklif etti ve çakıl taşlı zemine çömeldi. Bir an için münzevinin yüzünde küçük bir gülümseme belirdi. Bhaskar'ın koltuğunu devraldı.

Göz teması kurulur kurulmaz, Bhaskar derin bir titreme hissetti. Doğrudan münzevinin kehribar kedi gözlerine bakmayı bıraktı.

Münzevi sordu, "Nereye gidiyorsun evlat?"

Bhaskar cevap verdi: "Efendim, Gangotri'den Tapovan'a, trekkralına gidiyordum ama yolumu kaybettim ve böylece buzulun içinde dokuz saatten fazla dolaştım. Sadece hedefime giden yolu kaybetmekle kalmadım, aynı zamanda buz ağında sıkışıp kaldım. Sanki Tanrı seni bana göndermiş gibi göründün."

Münzevi gürültülü bir şekilde güldü ve Bhaskar sanki tüm vadi onunla birlikte gülüyormuş gibi hissetti.

Münzevi daha sonra çok ağır bir sesle konuştu. "Tanrı'nın başa çıkması gereken daha ciddi işleri var. Hedefe ulaşma arzunuzdan vazgeçmedikçe yolunuzu kaybedemezsiniz."

Bhaskar, bu buzlu labirentten çıkmak için bir umut ışığı gördüğü için münzeviyle tanıştığı için çok mutluydu. Bhaskar,

"Efendim, şu anki yerimi bulmam için bana rehberlik eder misiniz?" dedi.

Münzevi sordu, "Çocuk, buraya nasıl geldin ?"

Bhaskar cevap verdi, "Efendim, buzulda kendi başıma gezinmeyi planladım ve yolu kaybettim."

Münzevi gülümsedi ve "Ne düşünüyorsun, neredesin?" dedi.

Bhaskar, "Sanırım hala buzulun yakınındayım" diye yanıtladı.

Münzevi cevap verdi: "Uzak ve yakın, durumlara göre birden fazla anlamı olan göreceli terimlerdir. Anlamları sürekli değişiyor. Ay'ın yakın olduğunu söyleyebilirim ama güneş çok uzakta."

Bhaskar, annesi tarafından anlatılan hikayelerden bilgelerin, münzevilerin ve assetiklerin davranış özellikleri ve stilleri hakkında zaten yeterli bilgiye sahipti. Annesinin ona Aghori münzevileri hakkında söylediklerini hatırladı. Ona "*Aghori assetiklerin ilahi güçlere sahip olduklarını, ancak kendilerini korkunç bir görünüm ve öfkeli tepkilerle sunduklarını*" söyledi. Bu yüzden, biraz bile sinirlenmeden, başını onaylamaya devam etti ve katlanmış ellerini bir arada tuttu.

Münzevi şöyle devam etti: "Bu, insanları diğer yaratıklardan ayıran geçici bir özelliktir. Bu tür bilgilerin koşullarda herhangi bir değişiklik getirmek için işe yaramaz olduğunu bilmelerine rağmen, insanlar giderek daha fazla bilgi edinmek ve sadece bir saçmalık yığını yapmak için can atıyorlar. Düşünün, hedefinizin yarım mil uzakta olduğunu öğrenirseniz ne değişecek? Mesafe ölçümünü almak yerine, doğru yolda olup olmadığınızı doğrulamak için çaba göstermelisiniz. "

Bhaskar başını salladı ve "Evet efendim" dedi.

Münzevi ondan memnun görünüyordu ve şöyle dedi: "Kişinin görgü kuralları ve terbiyesi soyu sergiler; Bununla birlikte, birçoğu mirası geçmişin bir meselesi olarak gördükleri için miraslarını haklı çıkarmakta başarısız olurlar ve geçmiş onlar için eskime anlamına gelir. Ama işler öyle değil. Şimdiki zaman bir ağacın gövdesi gibidir, gelecek yeşillik, çiçekler, meyveler ve diğer nimetlerle temsil edilebilir. Ağacın kökleri geçmişin bağlarıdır, ancak görünür değildir, ancak bugünün gücü ve geleceğin kazançlılığı için önemlidir. "

Bhaskar dedi ki, "Evet efendim, geçmişin günümüzdeki önemine kesinlikle inanıyorum. Bu yüzden geleceğin işaretlerini gösteren bazı gevşek ipliklerin, geçmişin uçlarını aramak için buradayım."

Münzevi gülümsedi. "İşaretlerin ve sembollerin anlaşılması kolay değildir. İnsanlar dünya çapında binlerce dil konuşuyor. Hepsi farklı sembollere, farklı işaretlereve farklı sistemlere sahiptir. Ancak egemen güç tamamen farklı bir iletişim sistemi kullanır. Bu, herhangi bir dile, herhangi bir duyusal yeteneğe veya arzu edilen başka bir gereksinime ihtiyaç duymayan en yüce sistemdir. Evrensel olarak herkes için uygundur."

Bhaskar şimdi çileci ile rahat hissediyordu, bu yüzden ekledi, "Evet efendim, sanırım insanlığın psişik birliğine atıfta bulunuyorsunuz."

Münzevi gizemli bir şekilde gülümsedi. Bhaskar, münzevinin gülümsemesinin onunla alay etmek için olduğunu hissetti. Münzevi şimdi biraz mezara döndü ve şöyle dedi, "Psişik birlik bize bir grup için ortak olan özellikleri, herkes için ortak olan bir tür içgüdüsel tepkiyi anlatır. Tanrı'nın herkesle iletişim kurmak için kullandığı yöntemden bahsediyorum. Siz de sadece aynı şeyin anlamını arıyorsunuz."

Bhaskar'ın kafası biraz karışıktı. O da, "Ben, efendim? Wşapka?"

Münzevi nezaketle cevap verdi: "Rüyalar Tanrı'nın iletişim araçlarıdır."

Bhaskar'ın gözleri genişledi ve ağzı şaşkınlıkla açıldı. Konuşmak istedi ama kekeledi, "Evet efendim. Nasıl... yaptı... sen... bilmek? Kesinlikle, beni buraya getiren bir rüya."
Münzevi güldü ve şöyle dedi: "Bir rüya sadece aptallar için bir rüyadır. Bir kez uyanık olduğunuzda, rüya göremezsiniz. Fakat bilge insanlar hayallerinin azalmasına izin vermezler. Rüyalarını kendi dillerinde düşüncelere dönüştürürler, çünkü Tanrı size sadece rüyalar verir ve bir dille sınırlı hiçbir düşünce veya fikir vermez."

Bhaskar heyecanla ve duygu patlamasıyla titriyordu. Dedi ki, "Efendim, rüyamı nereden biliyorsunuz? Lütfen bana gerçek anlamını ve amacını söyle."

Münzevi gülümsedi ve sağ elini Bhaskar'ın kafasına koydu ve şöyle dedi, "Rüyaların Tanrı'nın seninle iletişimidir, senin için özel olarak tasarlanmış ve geliştirilmiştir. Hiç kimse rüyaları, insanları gerçek niteliklerini gerçeğe dönüştürdüğü içingizleyemez. Tanrı'nın önünde herkes eşittir ve bu, bireyin Tanrı'ya olan yakınlığına, kişinin dilini ne kadar net kavrayabileceğine bağlıdır. Rüyalar, gerçek benliği herhangi bir yapaylık, iddiasızlık veya gösteriş olmadan ortaya çıkarır. Kötü bir insan, bir bilgenin cübbesini giyerek başkalarını kandırabilir, ancak bir bilgenin rüyalarına sahip olamaz."

Bhaskar alçakgönüllülükle münzeviye sordu, "Efendim, lütfen rüyamın gerçeğini ortaya çıkarın."

Münzevi cevap verdi: "Çocuk, benden yemek yememi, açlığını gidermemi istiyorsun. Bu mümkün mü? Hedefinize ulaşmak için bir yolculuğun acılarının tadını çıkarma yeteneğine ulaşmaya başladığınızda ve yolu varış noktanızın sadece bir uzantısı olarak hissetmeye başladığınızda; yol ve hedef iki ayrı varlık olarak kalmadığında; Yolunuzun ve hedefinizin asimile olduğunu ve birleştiğini hissetmeye başladığınızda, doğru yolda olduğunuzdan emin olmalısınız. Çok az şey bir bireye atfedilirken, birçoğu kazanılmalıdır. Kadere ulaşmak hayatınızı uzatamaz, ancak eylemlerinizi ölümsüz kılar. Bu, aldığınız mesajın arkasında Tanrı'nın güdüsünü arama yolculuğunuzdur. Sabırlı olun ve çabalarınızı dürüstçe gösterin."

Bhaskar sessiz kaldı. Yüzünde derin bir sıkıntı ve hayal kırıklığı belirgindi.

Münzevi derin bir nefes aldı, ayağa kalktı ve uzaklaştı ve sonra durdu. Arkasını döndü ve şöyle dedi: "Bir annenin gebe kaldıktan sadece altı ay sonra çocuğuyla tanışmak için sabrını yitirdiğini ve prematüre bir bebek doğurduğunu düşünün. Kararı uygun ve akıllıca mıydı?"

Bhaskar sessiz kaldı ama ayağa kalktı ve çileciye doğru yürüdü . Saygı göstermek için, başını münzevinin çıplak ayaklarına koydu.

Münzevi şöyle diyerek uzaklaştı, "Önünüzdeki yükselişi geçin, sizinle şimdi ziyaret etmeniz gereken yer arasındaki tek şey budur. Lord Shiva sizi kutsasın."

Bhaskar, çilecinin inişte kaybolana kadar uzaklaşmasını izledi. Ona bir diriliş bahşetmiş olan münzevinin görünüşü karşısında hala büyülenmişti.

Simyacı

He daha sonra tırmanışa doğru ilerledi ve çok dik olduğu için gevşek kayaların arasından dikkatli bir şekilde tırmanmaya başladı. Birkaç dakika içinde tırmanışı bitirdi ve az bitki örtüsüne sahip düz bir arazi şeridi gördü. Tapovan'a ulaştığını tahmin etti. Kendinden geçmiş hissediyordu. Çayıra doğru koştu ama bir süre sonra durdu. Ashram'ı arıyordu, ama inşa edilmiş bir yapının izlerini fark etmedi. Kendisini hiç kimsenin toprağında bulmadığı için dehşete düşmüştü. Etrafına baktı ama hiçbir şey göremedi. Tapovan'daki ashramın oldukça büyük bir tesise sahip olduğundan emindi. Dehşete düştü ve ileri doğru yürümeye başladı. Gökyüzü gün boyunca bulutluydu ve daylight şimdi oldukça hızlı bir şekilde azalıyordu. O kadar umutsuzluk içindeydi ki ağlamak istiyordu.

Hedefinin yükselişin hemen karşısında olduğunu doğrulayan münzeviile konuşmasını tekrarladı . Bhaskar düşündü, "Bir münzevi yalan söyleyebilir mi?" Sonra münzevinin farklı kelimeler kullandığını hatırladı. Çilecinin iddiasını tam olarak hatırlamak için zihnini zorladı.

Bhaskar, gökyüzünden gelen yağmur şeklinde kendisine bir sıkıntı daha verildiğinde konuşmayı hatırlamaya çalışıyordu. Doğanın, denemelerinin derecesini ağırlaştıracak bir ruh hali içinde olduğunu fark etti. Pançosu ya da yağmurluğu olmadığı için bunu onun için iyi bir alâmet olarak görmüyordu. Münzevi vegerçekçiliğiunuttu, eğer bu şiddetli kemik ürpertici soğukta ıslanırsa son gecesi olacaktı. Barınak bulmak için koşmaya başladı.

Maviden, uzaktan yayılan loş bir ışık gördü ve ona doğru koşmaya başladı. Bir tribünde kaynağın yakınına ulaştı ve ona ilkel çağların evlerini hatırlatan taşlardan yapılmış sığınak benzeri alçak yükseltilmiş bir barınak fark etti. Giriş bir hayvan peltesi ile kaplıydı. "İçeride kimse var mı?" diye bağırdı. Hızlı bir cevap aldı, "İçeri gel."

Bhaskar içeri girdi ve çakıl taşları yardımıyla yapılmış küçük bir şöminenin yanında, içeride oturan çok yaşlı bir adam buldu. Bhaskar, yaşlı adamın seksen yaşından büyük olması gerektiğini tahmin etti. Alan oldukça sıcaktı ve Bhaskar sanki cennetsel bir yere ulaşmış gibi hissetti. Bhaskar odanın her tarafına baktı ve yere yayılmış paçavralardan yapılmış kalın bir halı ve alçak yükseklikte ahşap bir tabure gördü. Köşede, üzerine lamba olarak kullanılan yağ dolu cam bir şişe ile ahşap bir kutu vardı.

Yaşlı adam, "Tabureyi al ve ateşin yanına otur" dedi. Bhaskar ona mekanik olarak itaat etti.

Bhaskar ona sordu, "Siz kimsiniz efendim, bu soğuk çölde ne işiniz var?"

Bhaskar, yaşlı adamın yüzündeki kırışıklıkların gülümsediğinde yükseleceğini açıkçagözlemledi. Yaşlı adam, "Konukseverlik geleneğine göre, sana bu soruyu sormalıydım" dedi.

Bhaskar cevap verdi, "Efendim, benim adım Bhaskar. Madhya Pradesh'in küçük bir köyünden geliyorum. Tapovan'a gidiyordum ama yolumu kaybettim ve buraya ulaştım."

Yaşlı adam, "Evet, anlayabiliyorum, çünkü sadece yolunu kaybedenler ya da bir varış noktası olmadan dolaşanlar buraya ulaşıyor" dedi.

Bhaskar, "Kimse burayı bilmiyor mu?" dedi.

"Burayı kimse bilmiyor, insanların sadece bilme konusunda kafa karışıklığı var," dedi yaşlı adam.

Bhaskar bunu net bir şekilde anlayamadı. Adamın sol elini küçük bir çakıl taşı yığınının arkasında döndürmeye başladığını gözlemledi ve biraz soluna yaslanıp boynunu gerdikten sonra, Bhaskar kömürleri alevlendiren elle çalışan bir hava üfleyici ve kömürler arasında ateş kırmızısı top benzeri bir şey gördü. "Efendim, bir şey ısıtıyor musunuz?"

Yaşlı adamın gözleri küçüldü ve dedi ki, "Çocuk, sen hem naif hem de okulsuz bir çocuk gibi görünüyorsun."

Bhaskar aşağılanmış hissetti ama hiçbir şey söylemedi.

Yaşlı adam dedi ki, "Yüzündeki aşağılanma ifadeleri senin iyi eğitimli bir çocuk olduğunu söylüyor ve sözlerimi çürütmek ve direnmek istiyorsun, ama koşullar seni sessiz tuttu, çünkü bu ıssız yerde korkunç havalarda sana sığınak sağlayan kişiyi kızdıramazsın. Haklı mıyım?"

Bhaskar konuşurken kekeleyerek, "Hayır efendim, böyle bir şey yok" dedi.

Yaşlı adam kocaman bir gülümseme takındı ve "Kesinlikle naifsin" dedi.

Bhaskar cevap vermedi.

Yaşlı adam dedi ki, "Senin gibi büyük bir enerjiye ve güce sahip erkeksi bir genç çocuk, bu asırlık adamı benim yersiz sözlerime cevap olarak buradan atabilir."

Bhaskar, "Hayır efendim, bunu düşünemiyorum bile, benim için bir kurtarıcı olduğunuzu kanıtladınız" dedi.

Yaşlı adam dedi ki, "Bir bebek bile, eğer bir şey ateşe verilirse, amacın onu ısıtmak olması gerektiğini anlayabilir. Belki de neyi ısıttığımı bilmek isteyebilirsiniz? Öyle değil mi?"

"Evet efendim, ben de aynısını demek istedim," dedi Bhaskar gülümseyerek.

Yaşlı adam, "Sen iyi bir çocuksun, bu yüzden yalan söylememe gerek yok. Altın yapıyorum."

Bhaskar şaşırmamıştı, aksine yüzü mutlulukla parlıyordu. "Tamam efendim, anladım" dedi.

"Tepkiniz normal görünmüyor. Çoğu insan ya şok olur ya da beni deli olarak görürdü," dedi yaşlı adam.

Bhaskar, "Efendim, gerçeği söylediğinizden eminim" dedi.

Yaşlı adam, "Nasıl bu kadar emin olabilirsin?" dedi.

Bhaskar cevap verdi: "Çünkü senin tahta kutun büyükbabamın klonu, aynı gravürde aynı 'Shree Laxmi Narayan' etiketine sahip. İnsanlar onun aynı zamanda bir simyacı olduğunu söylüyor."

Simyacı gözlerini küçülttü, dudaklarını sıktı ve bir süre sessiz kaldı. Sonra gülümseyerek şöyle dedi: "Yani, simyacının ne olduğunu böyle biliyorsun. Büyükbabanın adı ne?"

"Acharya Puşkar Dixit," diye yanıtladı Bhaskar.

"Onunla hiç tanışmadım, ama ismiyle bir tür tanışıklık hissediyorum. Eğer böyle bir kutuya sahipse, bu onun da Simyacılar Derneği'nin bir üyesi olduğu anlamına gelir. Bir simyacının bazı sorumluluklar alması gerekir ve bazı kısıtlamaları takip etmesi beklenir. Bu dünya altın için çıldırmış durumda ve insanlar bu değerli metal uğruna başkalarını öldürebilir veya başkaları tarafından öldürülebilir," dedi simyacı.

Bhaskar, ifadeyi kabul ettiğini göstermek için başını salladı.

Simyacı devam etti, "Çok eski zamanlardan beri , tarih insanların altın için cazibesini yansıtan olaylarla doludur. Altından daha değerli birçok metal olmuştur, ancak hiçbiri altının yerini en değerli metal unvanıyla değiştirmeyi başaramamıştır. Altın, kıtlığı, hareketsizliği, ayırt ediciliği ve insanların ona kattığı dışsal değer için değerlidir. Altın, yeryüzünde yüzyıllardır bozulmamış olarak kalan tek elementtir."

Bhaskar, "Evet efendim, altının tıbbi özelliklerini de duydum" dedi.

Simyacı, "Tüm bu özelliklerinden dolayı, altın insan acelesinin odak noktası haline geldi. Bu nedenle simyacıların toplumun uyumunu etkilememeleri için özel dikkat göstermeleri beklenir."

Simyacı konuşurken aniden durdu ve sonra şöyle dedi: "Üzgünüm çocuk, sana yiyecek bir şeyler sunmayı unuttum. Yorgun ve aç olmalısın . Ancak, burada size düzenli yiyecek sağlayamam, ancak insanların yediklerinin amacını yerine getirebilirim. Sen sadece o çantayı bana ver." Simyacı bir köşeyi işaret etti.

Bhaskar oturmaya devam etti ve köşeye kadar uzanmak için vücudunu ve elini uzattı, çantayı almaya çalıştı, ama çantanın böyle bir duruşla kaldıramayacak kadar ağır olduğunu hissetti. Böylece ayağa kalktı, çantayı kaldırdı ve simyacıya teslim etti.

Simyacı zarif bir gülümsemeyle konuştu, "Tüm dünya aynı sorundan muzdariptir - eğer bir şey yapamıyorsanız, bu sizin aciz olduğunuz anlamına gelmez, daha ziyade pozisyonunuzu değiştirmeniz gerekir. Bir plato üzerinde duran bir kişi düz bir zemini bir hendek olarak düşünebilir ve bir açmanın dibindeki bir kişi aynı zemini bir plato olarak düşünebilir. Ancak, her ikisi de yanlıştır. Bir kez yere ulaştıklarında, ancak o zaman gerçeği anlarlar."

Sonra, simyacı çantasından birkaç şişe çıkardı ve şişelerden birinden bir kaşık toz çekti. Onu Bhaskar'ın avucuna koydu ve suyla almasını istedi. Bhaskar tozu aldı. Simyacı daha sonra ona başka bir şişeden yarım kaşık toz teklif etti. Bhaskar da aldı.

Birkaç dakika sonra, Bhaskar aldığı tozların etkisinden dolayı heyecanlandı. Dedi ki, "Onlar büyülü. Çizgi romanlarda sihirli iksirler hakkında okudum. Ama toz halinde gerçekten varlar. Eve koşarak ulaşmak için yeterli enerjim olduğunu hissediyorum ve sadece birkaç dakika önce tatmin edici bir yemek yemiş gibiyim . Nedir bu tozlar? Bu tozlar dünyada devrim yaratabilirve tıp bilimleri kapsamında yeni bir hayat aşılayabilir."

Simyacı ciddileşti ve konuştu, "Onlar büyülüler çünkü bilinmiyorlar. Ne nadirdirler ne de yaygındırlar. Gerçeği tanımlamak için açmanın dibinden yükselmeniz ve yayladan inmeniz gerekir. Hepimiz bir yetiştiren bir çiftçinin hikayesini duymuşuzdur. İneğine çok bağlıydı ve ona çok iyi bakıyordu, ona iyi yemek veriyordu, her gün yıkanmak için yakındaki nehre götürüyordu. Bir süre sonra, çok zayıf bir buzağı doğurdu. Buzağıya da iyi bakmaya karar verdi. Buzağının doğumunun ilk günüydü ve nehre götürmek zorunda kaldı. Buzağıyı geride bırakarak tek başına nehre götürmeyi uygun bulmadı. Nehre olan mesafe uzundu ve buzağı zayıftı. Sonra aklına bir fikir geldi ve buzağıyı kucağına aldı ve inekle birlikte nehre götürdü ve aynı şekilde geri getirdi. Şimdi onun günlük rutini haline geldi. Birkaç ay sonra, buzağı sağlıklı hale geldi ve ağırlığı manifold arttı. Ancak çiftçi buzağıyı sorunsuz bir şekilde kaldırabilirdi. Birkaç yıl sonra, buzağı sağlıklı ve büyük bir boğaya dönüştü ve birkaç beşte bir ağırlığındaydı. Ama çiftçi hala o devasa boğayı kolayca kaldırabiliyordu. Bazı insanlar bunu bir mucize olarak görüyordu, bazıları bunu bazı sihirli iksirlerin etkisi olarak görüyordu ve bazıları çiftçiyi okültün uygulayıcısı olarak görüyordu . Dünyada Yüce Allah'ın yarattığı sihir yoktur. Cehaletimiz ve bilinmeyenin korkusu sihir yaratır. Sihir, manzaraya sahip olma konumumuzda yatıyor, başka bir şey değil."

Bhaskar, "Evet efendim, haklısınız. Söylemek istediğim, bu tozların içerikleri hakkındaki bilginin insanlık için faydalı olabileceğiydi. "

Simyacının dudaklarının bir köşesi kıvrıldı, "İnsanlık, büyük bir müşteri nüfusu için sofistike bir terimdir ve bilgi, talep edilen bir ürünü üretmenin tarifi hakkında sadece bir bilgi parçasıdır" dedi.

Bhaskar, öncelikle finansal kazançlara odaklanan toplumun acı gerçeğinin tanımlanması karşısında şok oldu.

Bhaskar bir şeyler söylemek istedi, ama simyacı devam etti, "Bu yüzden dünyanın zamanın okuyla hareket ettiği gibi her zamanki gibi gitmesine izin vermek daha iyidir. Lord Vishnu'nun neden Rama veya Krishna olarak enkarne olduğunu hiç düşündünüz mü? Ravana veya Kansa'nın varlığını, sonsuz ve yüce gücüyle bir anda yok edebilirdi. Fakat Allah, dünyevi sorunların çözümünü, yarattığı dünyanın yollarına göre sundu ve dünyanın hareket etmesine izin vermek için iş kurallarını koydu. Aslında, sihir hiçbir şey değildir, ancak çok az kişi tarafından bilinen bilgidir. Bu yüzden, sihrin sadece sihir olarak kalmasına izin vermek daha iyidir. Bazı özel ayrıcalıklar, güçler veya bilgi ile donatılmış olan kişi, ebedi kurallara uymak zorundadır. Evrenin hareket ettiği zaman okunun yönü düzenden kaosa doğrudur. Belirli bir dönemde düzenin kaosa çarpıtılma derecesi herkesten farklıdır. İnsan bağlamında, buna yaşam denir. "

Bhaskar tamamen sessizdi ve simyacıyı derin bir hayranlıkla dinliyordu.

Simyacı daha sonra çantasından bir defter çıkardı ve Bhaskar'a verdi ve "Aç ve bir Simyacı'nın yeminini içeren ilk sayfayı oku" dedi.

Bhaskar, şöyle yazan Yemin'den geçti:

Shri Laxmi Narayan adına, Shri Nagarjun tarafından kurulan Ras Vidya Kavramlarına ve Apex toplumu tarafından oluşturulan Simyacılar Yasasına gerçek inanç ve bağlılık taşıyacağıma ve şubenin gizliliğini ve bütünlüğünü hayatım pahasına bile olsa koruyacağıma yemin ederim.

Asla yapmayacağıma söz veriyorum

- *Simyanın sırrınıvaftiziminöğrencisi dışında herkese açıkla.*
- *Otuz yaşına gelene kadarvaftiziminöğrencisine açıkla.*

- *On arındırıcı yöntemin hepsinde ustalaşana kadarvaftiz edilmişöğrencime açıkla.*

- *Vaftiz edilmiş öğrencime ciddi bir şekilde yeminedene/yemin edene kadar bunu açıkla.*

- *Yöntemi herkese açık olarak veya öğrencimden başka birinin önünde sergileyin veya sergileyin.*

- *Kişisel kullanımım veya ailem için altın yap.*

Bir Simyacı, yalnızca aşağıdaki amaçlar için belirtilen miktarda altın yapabilir:

- *Otuz yaşın üzerindeki birvaftiz öğrencisineyöntemi göstermek. (Tola'nın yarısına kadar)*

- *Savaş / salgın durumunda devlete yardım edin. (On bir Ser'e kadar)*

- *Bir devletin isyancılarına yardım etmek, devleti yabancı işgalciler tarafından el konulan şiddet içermeyen direniş için. (On bir Ser'e kadar)*

- *Fakirlere ve muhtaçlara yardım etmek. (En fazla bir Tola)*

- *Birinin karısının / çocuklarının kaçırılması durumunda birine yardım etmek. (Takdir yetkisine göre)*

- *Bir dahinin teste hak kazanması durumunda kariyerini sürdürmesine yardımcı olmak. (Yedi Ser'e kadar)*

Bhaskar defteri kapattı ve simyacıya geri verdi, simyacı da onu geri aldı ve çantasında tuttu.

Simyacı iç çekerek şöyle dedi: "Ama unutuyoruz ve düşüyoruz. Zenginlik ve statünün cazibesi, birçok kişiyi akıl almaz bir seviyeye kadar yozlaştırır. Ama her zaman hatırlayın, hayatta herhangi bir imtihan ya da sıkıntı yaşamayan insanlar ya asker kaçaklarıdır ya da dönenlerdir."

"Öyleyse, mutlu olan insanların mutlaka ihlalciler olduğu anlamına mı geliyor?" diye sordu Bhaskar.

Simyacı masum sorusuna kısaca güldü ve "Cevap evet ya da hayır olabilir ve bu senin mutluluk algına bağlı" dedi.

Bir süre duraksadı ve sonra Bhaskar'a sordu, "Çocukluğunuzdan beri duyduğunuz tüm hikayeler her zaman efsanevi figürlerin ve büyük insanların denemeleri, sıkıntıları ve çileleri hakkındadır. Neden böyle? Aksine,kötü insanlar hikaye boyunca duyusal zevklerinin tadını çıkarır ve sadece sonunda öldürülürler. Hiç düşündünüz mü? Kim mutlu? Zorluklara katlanan biri mi, yoksa dünyevi zevklerden zevk alan mı? Herhangi bir temel imkana sahip olmadan vahşi doğada yaşayan bir münzevinin hayatını ve tüm gelişmiş olanaklara sahip bir kasabada büyük bir konakta yaşayan bir kişinin hayatını karşılaştırın. Kim mutlu? Farklı algılara sahiplerse iki kişi için cevap farklı olabilir. "

Bhaskar tam bir saygıyla, "Efendim, kişinin algısının belirli bir yöne bakış açısını değiştirdiği doğrudur. Ama mutlak algı gibi bir şey var mı ? Mutlak mutluluğun bir tanımı var mı?"

"Kesinlikle, evet. Gerçekliğin açıklanması için herhangi bir algıya ihtiyacı yoktur. Fiziksel veya duygusal bir işkence gibi görünen şey, bir ruhun Kaostan Düzene geçebilmesi için zamanın okunu tersine çevirmek için bir kefaret olabilir. Mutlaklığı deneyimlemek için, kişi bu illüzyonlu dünyayı aşmalıdır. Dünyevi şeyler bağlamında konuşursak, o zaman hayatta olma durumundan zevk almak mutlak mutluluktur. Benzer şekilde, gerçekliği tanımlamak için duyularınızı geliştirmek mutlak bir algı halidir. Ama sıkı bir disiplin ve pratik gerektiriyor," diye yanıtladı simyacı.

Bhaskar, adamın çeşitli konulardaki otoriter komutasından derinden etkilendi ve her şeyden önce bir simyacıydı. Böylesine büyük bir âlimin ilkel koşullarda, materyalist başarılar için hiçbir hırsı olmadan vahşi doğada kalması, kalbini ona olan saygıyla doldurdu. Dedi ki, "Efendim, siz toplum için büyük bir varlıksınız. Neden burada böyle terk edilmiş bir yerde kalıyorsun?"

Simyacı gülümsedi ve şöyle dedi: "Çünkü bana bu çorak topraklarda bile değişmeyen bir hayat verdiği için Tanrı'ya borçlu olduğumu ifade ediyorum. Başka bir şeye ihtiyacım yok."

Bhaskar ayağa kalktı ve simyacının ayaklarına dokundu ve şöyle dedi, "Senin gibi büyük bir bilgin ve azizle tanışma fırsatını elde etmem Tanrı'nın lütfu. Ben şanslıyım."

Simyacı sağ elini Bhaskar'ın kafasına koyarak onu kutsadı ve şöyle dedi, "Dikkatlice dinle. Size söylemem gereken son şey, dünyada kötü bir durum ya da iyi bir durum gibi bir şey olmadığıdır. Onu iyi ya da kötü yapan olayların sonucu hakkındaki algınızdır. Algı, güveninizin ve Tanrı'ya olan güveninizin sonucudur. Size kötü görünen bir durum bulduğunuzda, durum hakkındaki algınızı değiştirmeye çalışın ve yetenekleriniz ve Tanrı'nın lütfu ile kolayca başa çıkabilirsiniz. Bu ikisi her zaman sizinle kalır, ancak sadece düşünmenin hiçbir şey yapmayacağını unutmayın, buna göre hareket etmelisiniz. Kağıt üzerinde yapılan planlar asla işe yaramaz, bunların uygulanması sonuç verir ve o zaman dünyadaki hiçbir sorunun kontrolünüz dışında olmadığını göreceksiniz. "

Sonra ayağa kalktı ve tahta kutudan çok ince iki battaniye çıkardı ve bunlardan birini Bhaskar'a verdi ve "Çocuk, şimdi biraz dinlenmelisin. Burada şöminenin bu tarafında uyuyabilirsin."

Bhaskar battaniyeyi aldı ve çarşaf gibi çok ince olduğunu gördü, ama oldukça sıcaktı. Sonra adam birkaç kırmızı kömür aldı ve onları dışarıya, girişin hemen yanına yerleştirdi ve bu kömürleri külle kapladı ve "Bu kömürler yırtıcıları bizden uzak tutacak" dedi. Sonra simyacı uyumak için yerine ulaştı ve lambayı söndürdü. Kısa bir süre sonra uykuya daldılar.

Nemesis'i Evcilleştirmek

Bhaskar güzel bir sabaha uyandı. Güneş ihtişamla parlıyordu. Saatine baktı ve sabah 9'a kadar uyuduğunu gördü. Aceleyle ayağa kalktı ve dün geceki olayı hatırladı. Simyacıyı aradı, ama orada değildi, bu yüzden dışarı fırladı ve etrafına baktı. Adamı hiçbir yerde bulamadı.

Birdenbire bir şey hatırladı ve hızla içeri girdi. Yerde kutu yoktu; Sadece çakıl taşlı şömine bazı ateş belirtileri ile oradaydı. Küçük bir çakıl taşı ve küçük bir altın parçasıyla ağırlaştırılmış bir kağıt parçası fark etti.

Üzerinde şunların yazılı olduğu kağıdı eline aldı:

Derin uykunda seni rahatsız etme fikrinden hoşlanmadım ve midillim gitmek için acele ediyordu. Metal parçasını yanınızda bulundurun ve bir süre güvende tutun. Dünyanızda mucizevi olduğunu kanıtlayabilir, çünkü arkadaşlarınızı düşmanlara dönüştürebilir ve benzer şekilde düşmanlarınızın size arkadaş gibi davranmasını sağlayabilir. Bu metalin parıltısı o kadar caziptir ki, yabancılardan bile kolayca iyilik kazanabilirsiniz, ancak kendinizi cazip coşkusundan uzak tutun. Hayatta kalma durumunun tadını çıkarın ve kaderinizi arayın. Gerçekten, hayat kadere ulaşmak için bir fırsattır.

Son olarak, birkaç soruyu cevapsız bırakmak oldukça normaldir ve bazen esastır.

Simyacı

Bhaskar tamamen şaşkındı. Aklından çeşitli düşünceler ve sorular geçiyordu. Düşünemiyordu. Bu arada, simyacının mesajının son satırını tekrar okudu, *"Birkaç soruyu cevapsız bırakmak oldukça normaldir ve bazen esastır."*

Battaniyeyi katladı ve çantasında tuttu. Altın parçasını kağıda sardı ve çoraplarından birine koydu. Yolculuğu boyunca yürüdü ve çok geçmeden dik bir iniş buldu. Birdenbire, uzakta kamp kurmuş birkaç çadırın bulunduğu küçük bir çayırı gözlemledi. Bu manzara onu neşe ve umutla doldurdu. Dikkatli bir şekilde yavaşça inmeye başladı. Bir süre sonra güvenli bir şekilde aşağıya uzandı. Sonra kamp alanına doğru ilerledi. Yarım saat içinde oraya ulaştı. Birinin cevap vermesi için bağırdı. Çadırın içinde bir aktivite hissetti, bu yüzden birinin çıkmasını bekledi.

Çadırdan şaşkınlık ifadeleri taşıyan bir adam çıktı. Bhaskar'a dağcılık gezisi için gelip gelmediğini sordu. Bhaskar ona yolunu kaybettiğini ve Tapovan'a ulaşmak istediğini söyledi. Adam ona bir fincan kahve ikram etti ve Tapovan'a giderken ona rehberlik etti. Bhaskar kahve içtikten sonra enerjik hissetti ve gideceği yerin yerini bilerek rahatladı.

Adama teşekkür etti ve Tapovan'a doğru yola çıktı. Onun için çok olağanüstü olan son iki günü düşünüyordu. Dik bir yükseliş gördüğünde yaklaşık üç saat boyunca akarsular, kayalar ve gevşek kayalar arasında yürümeye devam etti. Yorgun hissediyordu, bu yüzden bir mola verdi. Çantasını yere koydu ve bir kayanın üzerine oturdu. Rahatlamak için gözlerini kapattı.

Birdenbire bir konuşma sesi duydu. Yöne baktı ve yukarıdan inen dört kişi buldu. İkisinin sırtlarında tüfeklerin asılı olduğunu gözlemledi. Korku, silahlı adamları görünce kalbini sardı. Bhaskar onların gözünden saklanmak istedi, ama bu mümkün değildi çünkü çok uzakta değillerdi ve saklanacak yerleri yoktu.

Bhaskar orada oturmaya devam etti, sırtını onlara doğru tuttu. Zaten bir balaklava giyiyordu ve şimdi güneş gözlüklerini de takıyordu. Adamlar kısa süre sonra aşağı indiler ve yollarının ortasında otururken onu gördüler. Yanına geldiler ve içlerinden biri tabancalı bir kılıf giyerek "Nereye gidiyorsun?" diye sordu.

Bhaskar, yüzünü onlara doğru çevirmeden, "Tapovan" diye yanıtladı.

Adam ondan iznini göstermesini istedi. Bhaskar korktu ve çantasına doğru ilerledi. Çantaya uzandı ve sanki iznini bulmaya çalışıyormuş gibi baktı.

Birdenbire, tabancalı adam ona geldi, boynuyla yakaladı ve "İzin almak için yardıma ihtiyacınız var mı, Bay Bhaskar Dixit" dedi.

Bhaskar sanki ağır bir kayanın altına gömülmüş gibi hissetti. Dehşete kapıldı ve bu insanların ayaklarının dibine düşmek ve onu kurtarmak için yalvarmak istedi. Oanda , simyacının sözlerini hatırladı: Bir insanın beceri ve bilgisi, ancak güvenini ve sabrını koruduğu sürece işe yarar. *Bunu yapabilirseniz, mucizeler bekleyebilirsiniz.* Bhaskar, simyacının dersine bir şans vermeye karar verdi.

Çabucak bir plan yaptı, adama doğru döndü ve çok sakinbir şekilde, "Lütfen silahları karıştırmayın" dedi. Sonra gözlüklerini çıkardı ve "İnsan idaresindeşımartmak iyi değil" dedi.

Güvenlik görevlisiolmak isteyen adam böyle bir tepki beklemiyordu. Bhaskar'ın etkileyici kişiliği ve kasvetli tepkisi karşısında şaşkına döndü.

Bhaskar çok ciddi bir şekilde, "Söyle bana, ne istiyorsun?" dedi.

Memur hala biraz şaşırmıştı. Yüksek bir sesle, "Sen Bhaskar Dixit'sin. Gaumukh için size bir izin verildi ve bu da düne kadar. Gaumukh kontrol karakoluna bile ulaşmadınız ve bugün yasadışı olarak Tapovan'a gitmeye çalışıyorsunuz. Seni gözaltına almalıyız."

Bhaskar'ın güveni, subayın değişen tonuyla büyük ölçüde arttı. Gülümsedi ve şöyle dedi: "Beni gözaltına alarak kişisel bir çıkar elde edemeyeceğinizi çok iyi biliyorsunuz ve ben de ölüm cezası almayacağım. Sadece bir kuralı çiğnediğimin farkındayım ve bu da istemeden, olumsuz koşullar altında. Herhangi bir suç işlemedim veya herhangi bir cezai suça karışmadım. Beni en fazla bir gün gözaltında tutacaksın ve sonra itirafımı sunacağım, gerekçeyi ileri süreceğim ve kuralı ihlal etmeme neden olan koşulları açıklayacağım bir mahkemeye çıkaracaksın. En kötü senaryoda bile mahkemenin en fazla bin rupi para cezası vereceğinden ve beni serbest bırakacağından eminim. Bu, tüm çabalarınız için hiçbir şey elde edemeyeceğiniz anlamına gelir. Benzer şekilde, iki ya da üç günümü mahvedeceğim ve bin rupi maddi zarara katlanacağım. Bu, ikimiz için de hiçbir şeyin olağanüstü olmayacağı anlamına geliyor."

Bhaskar, subayın ve astlarının yüzlerinde hafif bir anlaşma gördü.

Bu yüzden memur, "Bu arada, kuralları çiğnemenin nedeni neydi?"

Bhaskar, planının başarılı olduğunu hissetti. Yüzünde kibirli dikkatsizlik yerine şefkat ifadesi taşıyordu . Yavaşça eğildi ve simyacının ona bıraktığı battaniyeyi çantasından çıkardı ve biraz duygusal bir ses tonuyla, "Bu büyükbabamın battaniyesi" dedi. Arkaik battaniyenin ortaya çıkışı, kimsenin şüphe duyacağı bir alan bırakmadı.

Bhaskar şöyle devam etti: "Hayatının büyük bir bölümünü burada, Tapovan'da geçirdi ve son dileği oraya son bir ziyaret yapmaktı, ancak ani ölümü son dileğinin yerine getirilmemesine neden oldu. Bir din alimi, şalını Tapovan'da buraya olan yakınlığının bir sembolü olarak bırakmamı önerdi. Bilgin, bu ritüelin ayrılan ruha kurtuluş vereceğini söyledi . Buraya sadece bu amaçla geldim. Tapovan'ı ziyaret etmek için izin başvurusunda bulundum, ancak bir navigatör olmadan, sadece Gaumukh'a kadar bir izin aldım. Zaten bir rehber veya navigatör bulmak için elimden gelenin en iyisini yapmıştım, ancak sezonun son günleri nedeniyle bulamadım. Sonra Tapovan'a izinsiz gitmeye karar verdim. Büyükbabamın şalını Tapovan yerine Gaumukh'ta bıraksaydım, büyükbabamın ruhu huzur bulur muydu? Dahası, hayatımın geri kalanında eylemimin suçluluğundan rahatsız olmaya devam ederdim."

Bhaskar kendini çok duygusal olduğunu gösteriyordu. Bir süre durdu ve sessiz kaldı. Bu sırada güvenlik görevlilerinden biri meslektaşlarına, "Evet, haklı; Tapovan'da tam olarak benzer şallar kullanan birçok keşiş fark ettim. "

İfadesi Bhaskar'a ek bir avantaj gibi görünüyordu ve büyük bir güvenle şöyle dedi, "Eğer beni bugün alırsan, tekrar geleceğim. Ne pahasına olursa olsun Tapovan'a gitmeliyim."

Dört kişi de şaşkına dönmüştü. Bhaskar,planının işe yaradığını fark etti. Sonra gülümsedi ve "Benim de başka bir seçeneğim var. Tapovan'a gitmeme izin verirsen, sana küçük bir hediye vereceğim."

Bhaskar kasıtlı olarak birkaç cümle daha ekledi. "Büyükbabamın son dileğini yerine getirme ritüelini yerine getirdiğimde, senin önüne çıkacağım ve sonra uygun olduğuna karar verdiğin herhangi bir cezayı memnuniyetle kabul edeceğim."

Güvenlik görevlisi biraz yumuşak bir şekilde konuştu, "Bhaskar Ji, biz de insanız, duygularınıza saygı duyuyoruz. Ama aynı zamanda görevimizi de yapmak zorundayız."

Bhaskar, durumu başarıyla ele aldığı için oldukça mutluydu. Dedi ki, "Evet, anlayabiliyorum. Ben de kötü zaman geçirdim. Dün sabah Bhojwasa'dan ayrıldım, buzulda yolumu kaybettim ve gece Nandanvan'a ulaştım. Geceyi orada sadece bu kıyafetlerle geçirdim. Sadece büyükbabamın kutsamalarından dolayı, buraya güvenli bir şekilde ulaşmama yardımcı olan bir dağcılık takımının bir üyesiyle tanıştım. "

Bhaskar bir süre duraksadı ve sonra şöyle dedi, "Hatamın seni çok rahatsız ettiğini anlayabiliyorum. Bunun için gerçekten üzgünüm." Sonra eğildi ve kağıt paketi çoraplarından birinden çıkardı. Paketi açarken, "Pişmanlıklarımı ifade etmen için sana küçük bir hediyem var" dedi. Ve sonra, parıldayan altın parçasını ortaya çıkardı ve "Yirmi dört ayar altından bir tola, lütfen kabul et" dedi.

Altın, takım üyelerinin gözlerini baştan çıkarıcı ve mutlulukla doldurdu.

Bhaskar, küçük bir güçle, subayın elindeki altın parçasını teslim etti ve tekrar söyledi, "Lütfen kabul et, aksi takdirde pişmanlık duygularım asla kaybolmayacak."

Güvenlik görevlisi altın parçasını cebinde tuttu ve "Endişelenmeyin Bay Bhaskar. Tapovan'a tam özgürlükle gidebilir ve büyükbabanız için ritüeli tamamlayabilirsiniz. Davayı sadece bugün kapatacağım. Kayıtlı herhangi bir navigasyon rehberini ofisime çağıracağım ve resmi kayıtlarda navigatörünüz olarak imzasını alacağım . Tüm davanın sadece hatalı kayıt tutmanın bir sonucu olduğunu belirten soruşturma raporumu sunacağım."

Bhaskar, "Çok teşekkür ederim efendim" dedi. Sonra, büyük bir alçakgönüllülükle, "Lütfen bana biraz daha yardım etmenizi rica edebilir miyim?" dedi.

Güvenlik görevlisi büyük bir yakınlıkla, "Lütfen bana söyle" dedi.

Bhaskar, "Efendim, yarın Tapovan'dan döneceğim ve sanırım kontrol noktalarında görevli güvenlik görevlileri aynı izin geçerliliği konusunu tekrar soracaklar. Bu konuda bana yardımcı olabilir misin?"

Güvenlik görevlisi gülümseyerek, "Bunun için hiç endişelenmiyorsun. Bana izninizi gösterin." Bhaskar çantadan iznini çıkardı ve ona verdi. Memur izin üzerine bir şeyler yazdı ve "Bunu al, izninizin geçerliliğini iki gün daha uzattım ve ziyaret edilecek alanın ayrıntılarını değiştirdim. Revize edilen detayların altına imzamı attım ve adımı andım. Tüm bu kontrol noktaları benim yetkim kapsamına girer ve bu nedenle orada konuşlandırılan tüm personel astlarımdır. Bir devriye ekibine rastlasanız bile, doğrudan kontrolüm altında çalışan insanlar olacaklar. Yani, kimse için endişelenmenize gerek yok. Onlara sadece Bölge Görevlisi Bay Mathur'un alan ayrıntılarını değiştirdikten ve geçerlilik süresini revize ettikten sonra izni manuel olarak verdiğini söylüyorsunuz. O zaman kimse seni sorgulamaz. Herhangi bir sorun ortaya çıksa bile, ilgili kişiye Bay Mathur'un aile dostu olduğunuzu söylemekten çekinmeyin ve aynı şey radyodan onunla iletişime geçerek doğrulanabilir. "

Sonra, subay elini Bhaskar'ın omuzlarına koydu ve nazikçe astlarına sırtını dönmesini sağladı. Sonra, Bhaskar ile birlikte, üç muhafızdan yavaşça uzaklaşmaya başladı. Memur hiç tereddüt etmeden Bhaskar'ın kulağına fısıldadı, "Bu iki polis memurunu ve bir orman muhafızını görebiliyorsunuz. Onlar da dün akşamdan beri çok çalışıyorlar. Hepsine maaş olarak çok küçük miktarlarda ödeme yapılıyor. Her birine bin rupi teklif etmenizi tavsiye ederim, böylece yorgunluklarını unutabilirler."

Bhaskar, subayın çok kurnaz ve yozlaşmış olduğunufark etti,ancak tüm planını bozabileceği için talebini reddetme riskini alamazdı. Bununla birlikte, fonların mevcudiyeti konusunda endişeliydi, çünkü yanında sadece dört bin rupi kaldığını açıkça biliyordu. Cüzdanını çıkardı ve memura üç bin rupi verdi.

Memur yüksek sesle, "Bay Bhaskar, başka türlü düşünmeyin. Bu paraya ihtiyacım yok. Lütfen miktarı kendi ellerinle onlara teslim et." Memur daha sonra üç muhafızı çağırdı ve miktarı almaları için onlara işaret etti . Bhaskar her birine bin rupi verdi.

Bhaskar onlara tekrar teşekkür etti ve onlardan ayrıldı. Dik tırmanışa doğru ilerledi. Bölge Görevlisi ile uğraştıktan sonra, kendine güveni dokuzuncu buluttaydıve zor tırmanışı çok kolay buluyordu. Aynı zamanda, kendisiyle birlikte kalan miktarın dönüş yolculuğu için yeterli olmayacağını fark ettiği için fon sıkıntısı konusunda daendişeliydi. Ancak şu anda fon konusunu düşünmemeye ve sorunu daha sonra ele almaya karar verdi.

Ancak o zaman, simyacıyla karşılaşma şansı önceki gece gerçekleşmemiş olsaydı, donma noktasının altındaki bir sıcaklıkta hayatta kalamayacağını ve bir şekilde hayatta kalsa bile, simyacının bıraktığı şeyler olmadan kurnaz güvenlik görevlisini idare etmenin o kadar kolay olmayacağını fark etti.

Sonra simyacının belki de her şeyi zaten bildiğini hissetti ve bu yüzden battaniyesini ve altın parçasını bıraktı. Aynı zamanda, simyacının tavsiyesiydi, büyük bir vurguyla öğütlendi ve ona güvenlik görevlisini farklı bir şekilde ele alma konusundaki kararlılığını aşıladı. Bhaskar,simyacının söylediği her şeyin doğru olduğunu kanıtladı. Güvenlik görevlisinin iyiliğini kazanmak için altın parçasını teklif etmek için zihnini tetikleyen yazılı mesajıydı. Simyacıyla karşılaşmasaydı, ya cennette ya da polis nezaretinde olacaktı. Simyacı sadece onun için mi oradaydı?

Vaha'ya Ulaşım

Bhaskar iyi bir hızla tırmanıyordu ve aniden geniş bir açık araziyi gördü. En kısa sürede tam bir görüş elde etmek için tüm gücüyle kendini zorladı. Sonra, tam manzarayı gördü ve dağınık çalılar, kayalar ve tatlı su akıntısı ile geniş bir düz zemine sahip geniş bir çayır olduğunu buldu. Manzara muhteşem ve şaşırtıcıydı, kalbini uzaklaştırıyordu. Sonra etrafına baktı ve bu yüksek rakımlı çayırdan Shivling Dağı, Meru Dağı, Sumeru Dağı ve Bhagirathi zirvelerinin muhteşem manzarasını gördü. Vadiyi, mümkün olan en yüksek zarafete tanık olmanın cazibesiyle keşfetti.

Ayrıca ashramı kolayca görebiliyordu. Yavaş yavaş ashram kapısına doğru ilerledi ve ön duvarda belirgin bir şekilde sergilenen "Ziyaretçiler için Kurallar" ı gördü. Bakıcıyı karşılamak için içeri girdi ve konaklama ve yemek için tesisten yararlanmak için miktarı önceden yatırdı. Bekçiyi bulamadı. Bir gönüllü ona bakıcının bir süre sonra geri döneceğini ve yurda giriş yapıp tesisleri anında kullanabileceğini ve miktarın daha sonra yatırılabileceğini söyledi. Bhaskar saatine baktı. Öğleden sonra saat ikiydi. İki gün üst üste kafası karışmış bir durumdaydı. Çantasından bir havlu çıkardı ve tuvalete doğru yöneldi. Tazelendi, banyo yaptı ve kıyafetlerini değiştirdi. Şimdi kendini iyi hissediyordu. Sıcak su banyosu yorgunluğunu büyük ölçüde atmıştı. Hazırlandı ve ashramın mutfağına yöneldi. Tekrar bir gönüllüden, kalış ve yemek ücretlerine karşı tutarı yatırmasına yardımcı olmasını istedi.

Gönüllü ona bakıcının geri dönmediğini, bu yüzden önce öğle yemeğini yiyebileceğini ve formaliteleri daha sonra tamamlayabileceğini söyledi. Mutfağa gitti ve yemek istedi. Mutfaktaki gönüllü ona büyük bir sevgiyle bir yemek teklif etti.

Yemeği bitirdikten sonra, Bhaskar çok aç olduğunufark etti. Doyduktan sonra, ashramı keşfetmeye başladı ve tüm ashram hakkında genel bir bakış açısına sahip oldu. Ashram'ıntüm gönüllülerinin ziyaretçilere mümkün olduğunca destek ve hizmet verdiğinifark etti. Onlara karşı saygı duyguları vardı. Ayrıca herkesin Swami Ji'ye büyük saygı duyduğunufark etti. Bu arada mutfak gönüllüsü ona çay ikram etti. Bhaskar onunla birlikte gitti ve mutfakta bir ocağın yanına oturdu ve bu gönüllülerle çayınıyudumladı . Bhaskar, onlarla otururken çay içmenin bir tür yakınlık yarattığını hissetti. Sonra bir tartışma turu başladı. Onlarla konuşarak, ashramdan ayrı olarak, birçok yaş ve keşişin hala meditasyon ve kefaret uyguladığı bölgede bilinen ve bilinmeyen birçok doğalbarınak olduğunu öğrendi. Birçok bilge ve assetik burayı terk etti ve sıradan insanlar bu yere akın etmeye başladıktan sonra Himalayalar'ın derinliklerindeki diğer yerlere geçti. Ayrıca Swami Ji'nin ruhsal olarak son derece aydınlanmış bir çağolarak ün kazandığını ve ashramın onun için sadece bir ana kamp olduğunu öğrendi. Ruhsal pratiği için sık sık vadinin derinliklerinde bulunan bilinmeyen uzak yerlere gitti. Swami Ji, tam bir bekarlık ve feragat hayatı sürmek istedi, ancak azizlerin isteği ve ashramın güveni üzerine, ashramın koruyucusu ve rehberi olarak kaldı. Swami Ji için ayrı bir oda ayrılmıştı, ama orada sadece bir paspas ve iki kutu vardı. Odayı sadece insanların rahatsız olmasını önlemek için kullandı.

Bhaskar ayrıca, orman ve polis departmanının ortak bir ekibinin, iki gündür kayıp olan bir genci aramak için ashram'a geldiğini öğrendi. Bu genç adamın sadece buzula kadar izni vardı. Dün sabah Bhojwasa'dan ayrıldı, ancak akşam geç saatlere kadar glacier kontrol noktasına ulaşamadı. Dürbünle vadiyi gözlemleyen bir grup dağcı, kontrol direğine buzulu geçen genç bir adam gördüklerini bildirdi.

Tüm gönüllüler bu genç adamı, kendisi ve ailesi hakkında hiçbir endişesi olmayan, çılgın bir insan olarak adlandırıyordu.

Bhaskar tartışmalarından zevk alıyordu, hiçbirinin aynı genç adamla oturduklarını bilmediğini fark etti. Bhaskar doğruyu söylemek istiyordu ama konuşma cesaretini toplayamıyordu. Sonra, Bhaskar onlara genç adamın ayrıntılarını sordu ama hiçbiri farkında değildi. Ancak, gönüllülerden biri, arama ekibinin genç adamın ayrıntılarını bakıcıya verdiğini bildirdi. Şimdi Bhaskar gerçeği söylemesigerektiğini fark etti. Böylece, onlara bahsettikleri genç adamın onlarla birlikte oturduğunu açıkladı. Herkes gerçeği öğrenince şok oldu. Bhaskar, ashram'a ulaşmadan önce arama ekibiyle zaten tanıştığını ve tüm karışıklığın sadece izninin verildikten sonra manuel olarak değiştirilmesi ve ilgili memurun ofis kayıtlarında güncellememesi nedeniyle meydana geldiğini açıkladı. Ayrıca gönüllülere izni gösterdi. Bhaskar'ın açıklaması o kadar kesindi ki, daha önce ona deli diyenler şimdi hükümet yetkililerine karışıklık yarattıkları için aptal diyorlardı. Uzun bir tartışmadan sonra dağıldılar.

Taze bir yemek ve sıcak bir fincan çay Bhaskar'ın enerjisini geri kazandı ve Swami Ji ile tanışmak için sabırsızlanıyordu. Swami Ji'nin ashram'a dönmesinden korkuyordu. Böylece, dikkatini bu kafa karıştırıcı düşüncelerden uzaklaştırmak için, bir geziye çıktı. Hava tipik Himalaya buzul havasıydı, soğuk rüzgar orta hızda fışkırıyordu ve sıcaklık donma noktasının altındaydı. Kısa bir mesafeye kadar yürüdü, kıyafetlerini arazide hüküm süren koşullar için yetersiz buldu. Karla kaplı dağların muhteşem güzelliğini, düz gerilmiş çayırları, gökyüzünden inen muhteşem dereyi ve Doğanın mistik müjdesini anlatan sisli vadiyiizledi. Ancak son dört gündür ilk kez havanın hoşgörüsünden daha sert olduğunu hissetti . Böylece, ashram'a geri dönmeye karar verdi. Geri döndüğünde, bekçinin geldiğini gördü. Bu nedenle, konaklama ve yemek için tesis ücretlerine karşı tutarı yatırmak için bakıcıya yaklaştı. Bakıcının adını bildiği için şaşkına dönmesini bekliyordu, bu yüzden yatırılacak miktarla birlikte iznini sundu. Bakıcı gönüllülerden onun hakkında tam bilgi aldığından, Bhaskar'ın konuyu açıklaması gerekmiyordu. Kapıcı ona bir karşılama teklif etti ve günün tek konuğu olduğu için yurtta herhangi bir yerde kalabileceğini söyledi. Bekçi, Swami Ji'nin yakında geri dönme ihtimalini dile getirdi.

Aniden, safran elbiseli yağsız ve ince bir kişi binaya girdi. Başı ve yüzü tıraş edilmişti, cildi gergin ve parlıyordu, ama kar beyazı kaşları onun süper kıdemliliğinigösteriyordu . Kapıcı sandalyesinden kalktı ve bir gönüllü odasını açmak için önünde koştu. Bekçi fısıldadı, "Swami Ji geldi." Bhaskar da sandalyesinden kalktı ve birleşmiş ellerini başının hizasına kadar kaldırarak saygılı selamlarını sundu. Swami Ji bir an için durdu, Bhaskar'a baktı, gülümsedi ve sonra odasına doğru ilerledi. Bhaskar'ın mutluluğu, Swami Ji'yi ashramda geri bulmanın sınırlarını tanımıyordu.

Bhaskar, bakıcıya Swami Ji'nin odasına gidip onunla buluşup buluşamayacağını sordu.

Bekçi başını inkar ederek salladı ve "İsterse seni arayacak" dedi.

Bhaskar, toplantısının aciliyetini tekrar vurguladı ve bakıcıdan, Bhaskar'ın ziyaret amacını bilmesi için en azından adını ve ayrıntılarını bilgeye iletmesini istedi. Bekçi gülümsedi ve Swami Ji'nin herhangi bir ayrıntıya ihtiyaç duymadığını ve konu acilse onunla görüşeceğini söyledi. Bhaskar, bakıcının ne demek istediğini anlayamadı. Bu yüzden sessiz kaldı.

Ancak o zaman ona yaklaşan bir gönüllü gördü ve ona Swami Ji'nin onu aradığını söyledi. Şaşırmıştı ve bakıcının gülümsediğini görebiliyordu.

Bhaskar, kapıda duran ve içeri girmesini isteyen gönüllüyle birlikte gitti. Bhaskar, yere serilmiş bir paspas, köşede üzerinde bir çanta ve duvarda asılı bir elbise bulunan ahşap bir kutu olan odaya girdi. Swami Ji minderde oturuyordu ve Bhaskar'dan ona eşlik etmesini istedi. Bhaskar, Swami Ji'nin önünde secde etti ve sonra onun önünde oturdu.

Swami Ji, yüzünde hoş bir gülümseme taktı ve "Şimdi yolculuğunuz verimli olmaya başladı, çünkü dünyevi bilgeliği çok hızlı bir şekilde ediniyorsunuz" dedi. Bhaskar dedi ki, "Efendim, eğer böyle düşünüyorsanız, bu doğru olmalı. Ancak, buraya seninle tanışmak için tek bir amaçla geldim."

Swami Ji, "Kurnaz Bölge Görevlisiyle başa çıkma şeklinizin, hayatın farklı kesimlerinde engin deneyime sahip deneyimli bir adam için bile kolay bir iş olmadığını düşünmüyor musunuz?" dedi.

Bhaskar şaşkınlık ve şaşkınlık içinde tek bir kelime bile söyleyemedi.

Swami Ji devam etti, "Çocukluğunuzdan beri hikaye anlatma konusunda olağanüstü bir yeteneğiniz vardı. Acharya Ji'nin kendisi, beş yaşındayken mükemmel masallar dokuma yeteneğinizden oldukça etkilendi. Bana da iletti."

Bhaskar, "Ama yolculuğuma kesintisiz devam etmek ve gözaltında tutulmamak için bu subaylara yalan söyledim" dedi.

Swami Ji, "Seni haklı çıkaramam. Ancak yalan söyleme olgusu birden fazla kategoride sınıflandırılabilir. Lord Krishna, gerçeği konuşmanın gerçekten büyük bir erdem olduğunu ve belki de başka hiçbir erdemin gerçeği konuşmaktan üstün olmadığını, ancak gerçeği konuşmanın pratik yönlerinin anlaşılmasının çok zor olduğunu söylemiştir. Gerçeğin gerçek doğasını anlamak çok zaman ve olgunluk gerektirir. Konuşulan bir yalan başka bir kişiye zarar veriyorsa veya konuşmacıya hak etmediği bazı faydalar getirmişse, o zaman kabul edilemez. Gerçeği köylülerin katledilmesiyle sonuçlanan Kaushik'in hikayesini duymuş olmalısınız. Böylece, Kaushik gerçeği söylediği için cehenneme atıldı. Kaushik, gerçeği söyleme yeminiyle değil, aptallığıyla hatırlanır."

Bhaskar biraz rahatlamış hissetti ve sonra dedi ki, "Swami Ji, her şeyin farkında olduğun için, Dada Ji'min iletmek istediği mesaj hakkında beni aydınlatmanı rica ediyorum."

Swami Ji'nin yüzünde geniş bir gülümseme belirdi, dedi ki, "Acharya Ji'ninki bilgi, beceri, mantık ve aklın ilahi bir karışımına sahip eksiksiz bir kişilikti. Bilgisi derin araştırma ve yüce deneyimlerle doluydu, becerileri ise on yılların sıkı çalışması ve pratiği ile kazanılan ustaca verimliliği sergiledi. Onun bilgeliği, derin içgörüsü, keskin gözlemi, ahlaki bütünlüğü ve dini inançların, normların ve değerlerin net bir şekilde anlaşılması temelinde herhangi bir şeyin erdemlerini ve değersizliklerini hissetme takdirini yansıtıyordu. Argümanları, doğal ve doğaüstü olayların derinlemesine analizinden türetilen gerçekleri ve referansları içeren kesin ve keskindi. Bilgisinin boyutları o kadar genişti ki, bilginin kapsamı onun önünde sınırlı görünüyordu. Onun mesajını anlamak için başkasının yardımına ihtiyacınız yok. Herhangi bir mesaj vermek istemedi, ama kaderinizin yolunda doğru yönü seçme yeteneğini size vermek istedi ve ayrıca hiçbir sorunun yolunuzu engellememesini sağlamak istedi. Kaderinize ulaşmak için kararlılık gösterirseniz, o zaman kendi sezgilerinizle seçimler yapma fırsatı verilmesini diledi. Hiçbir koşul veya koşulsal engelin dikkatinizi dağıtmasına veya irade gücünüzü etkilemesine izin vermeyin."

Bhaskar, Swami Ji'yi tüm dikkat ve ilgiyle dinliyordu. Dedi ki, "Swami Ji, ben sadece sekiz yaşındayken ayrıldığı için talihsiz oldum. Birkaç yıl daha kalsaydı, ondan birçok şeyöğrenebilirdim."

Swami Ji, Bhaskar'a sordu, "Acharya Ji'nin mükemmelliğe ulaşmasına yardım eden öğretmenini biliyor musun?"

Bhaskar çok meraklı görünüyordu ve dedi ki, "Hayır, Swami Ji, onun hakkında hiçbir şey bilmiyorum. İsmine bile aşina değilim. Lütfen bana söyle."

Swami Ji gülümsedi. "Acharya Ji'nin kendisi onun öğretmeniydi. Tüm bilgiyi kendi çabalarıyla elde etti. Ancak, Shri Laxmi Narayan'ı sembolik öğretmeni olarak gördü, ancak hiçbir insan ona öğretmedi. Bu yüzden ölümü hakkında asla üzülmeyin, çünkü çıkışı için zaten planlanmış olan şu anda ayrıldı. Sekiz yıl boyunca onun tezahür eden varlığını aldığınız için şanslı olduğunuz için mutlu olmalısınız ve kutsamalar her zaman sizinle birlikte olmuştur ve sonsuza dek kalacaktır. "

Bhaskar duygusallaşıyordu ve gözleri buğulanıyordu. Swami Ji iç kargaşasını hissedebiliyordu, bu yüzden Bhaskar'dan köşeye yerleştirilen tahta kutuyu kendisine sürüklemesini istedi. Bhaskar da buna göre yaptı. Swami Ji kutuyu açtı ve içinden birkaç kağıt çıkardı.

Kağıtları Bhaskar'a teslim etti ve şöyle dedi, "Bu ondan aldığım son mektuptu. İçinden geçin ve birçok şeyi anlayabileceksiniz."

Mektupta şunlar yazıyordu:

Sevgili Vinayak,

Bu mektubu size yazıyorum, çünkü takip ettiğim hedefin gerçekten farkında olan tek kişi sizsiniz. Toplumun bir geçişten geçtiğini ve yeni çağın şafağının yaklaştığını öngördüğüm için üzgünüm. Çok az insan benim fedakar olduğumu düşünüyor. Ama bu doğru değil. Vicdanımı ayartmalardan uzak tuttum, ama bugün torunumun olağanüstü yeteneğini gözlemledim ve bu yüzden ona bir hatıra vermek için cazip dileğimi engelleyemedim.

Korkarım ki bu yeni çağda, yetenekler özgecil kalamayacaklar, çünkü büyüyen materyalizm zaten her kavramın tanımlarını değiştirdi. Saf bilginin peşinde tek yönlü bir yol izlemek, çok yakında ezoterik bir yol haline gelecek ve dünyaya sahte bilimleriuygulayanşarlatanlar hakim olacaktır.

Dolayısıyla, bu dehanın da materyalizm zihniyetinin kurbanı olabileceğini açıkça varsayabilirim. Mükemmel bir fidana büyümek, güçlenmek ve genişlemek için tam fırsat verilmesini diliyorum. Ama korkarım ki, kocaman bir ağaca dönüşme potansiyeline sahip bir bitki, bonsai olarak kalmak için bastırılabilir ve sadece göze çarpan bir değere sahip parlak bir vazo ile saksı ağacına dönüştürülebilir. Bir hasat üretme umutları tomurcukta boğulacaktır.

Eski Hintli ustalar tarafından kurulan mirası tutmasını ve yalnızca kendisine emanet edilen mirası almasını sağlamak için doğal özelliklerini çağırması için ona rehberlik etmeniz gerekir. Bu miras, materyalizmin bitişik hastalığından korunmasına yardımcı olacaktır. Eski Hintli doktorların, kraliyet ailelerinin kilit üyelerindeki zehirlere ve zehirlere karşı bağışıklık geliştirmek, onları zehirli hale getirmek için bir taktikti. Sadece zehir zehiri etkisiz hale getirebilir. Benzer şekilde, zenginlik materyalizmin etkisini durgun hale getirebilir.

Ona rehberlik etmeli, büyükbabasının eşyalarının işe yaramazolmadığını anlamasını sağlamalısınız. Benden sonra kitaplarımın, notlarımın ve sarf malzemelerimin terk edileceğini biliyorum, ancak tüm eşyalarımı gözlemlemeyi kabul etmesi için onu duyarlı halegetirmeniz gerekiyor. Prima facie, kitapları modası geçmiş veya işe yaramaz olarak düşünmek oldukça mümkündür. Ama eminim ki Rasas'ı bir kez gördüğünde, ilgisini uyandıracaktır. Berrak akış ve cıvanın parlak parıltısı beni her zaman cezbetmiştir. Bu mektubu yazarken, yedi Ser cıva tutan yarım litrelik bir cam şişeye bakarak halabüyüleniyorum. Seksen yaşında bile, tutkum o kadar genç ki, onu ve diğer Rasa'ları odamdaki kilitli bir almirah'ta tutuyorum. Herkes beni bu yüzden eski bir fanatik olarak görebilir.

Bu nedenle, çocuğu büyükbabasının eşyalarının çöp olmadığı gerçeğiyle aydınlatmanız konusunda ısrar ediyorum ve eğer onları bir amaçla gözlemlerse, bu çöp ona ilgisini ve tutkusunu sürdürme yeteneği kazandırabilir. Ona büyükbabasının hayatı boyunca, isteyerek ve seçimle fakir bir adam olarak kaldığını söyleyin. Mirasımı emanet ettiğim tek kişi o, böylece mirası elinde tutabilir.

Ülkenin özgürlük mücadelesine katıldığımı zaten biliyorsunuz. Ben, özgürlük savaşçılarının kardeşliğiyle birlikte, Orta Hindistan'da çalışıyordum ve Delhi'deki Birla evi faaliyetlerimizin merkeziydi.

Hepimiz Birla Tapınağı olarak da bilinen Shree Laxmi Narayan Tapınağı'nın inşasının tanıklarıydık.

Son olarak, onu en azından öncelikli olarak Birla Tapınağı'na gitmeye ikna etmenizi bekliyorum, sadece Shri Laxmi Narayan'ın darshanına sahip olmak için değil, aynı zamanda tapınağın tüm binalarını ziyaret etmek için. Eminim ki Allah ona kaderinde olan yolda bir yolculuğa çıkması için rehberlik edecektir. Orada bulunan her şeyde ilahi bir bilinç hissedebilir. Tüm duvar resimlerini, yazıtları ve ahlaki dersleri gözlemlemesi için ona rehberlik edin, böylece bilinci tamamen hissedebilir ve herhangi bir endişe duymadan çıkarlarını takip edebilir.

Senin

Puşkar Dixit

Swami Ji, "Bu mektup son yirmi yıldır benim için bir gizem olarak kaldı, çünkü birçok şey bana belirsiz geldi. Ancak, Acharya Ji'nin yazı stilinin tipik bir örneği değildi. Bu kısımlardaki anlamı bulmak için haftalarca düşündüm ama kavrayamadım. Sonunda, belki de Acharya Ji'nin son günlerinde çok çaresiz olduğunu ve ağır duygusal türbülans altında olduğunu düşündüm. Bu nedenle içsel durumunu ifade etmede belirsizleşti."

Swami Ji devam etti, "Bu mektubu aldıktan yaklaşık yirmi gün sonra, ondan beş gram saf altın içeren bir paket aldım ve size altın parçasının değerine eşdeğer bir miktarı nakit olarak ödemeniz için talimatlar verildi. Ödenen miktarın özellikle Delhi'nin Birla Tapınağı'na yapacağınız ziyaret için yapılacak masrafları karşılamak amacıyla olduğu belirtildi. Parsel ayrıca içinde bir mektup bulunan kapalı bir zarf içeriyordu. Mektup size açık bir talimatla gönderildi ve mektubun ancak ve ancak Birla Tapınağı ziyaretinizi tamamlayana kadar açmayacağınıza yemin ederseniz size teslim edilmesi gerektiği yönündeydi."

Bhaskar, Swami Ji'yi anlamsızca dinliyordu.

Swami Ji, "Sahip olduğum tek şey bu. İki saatten fazla oldu. Gidip akşam yemeği yiyebilirsiniz. Bundan sonra konuşacağız."

Bhaskar ayağa kalktı, Swami Ji'yi selamladı ve odadan çıktı.

Geçmişin Görkemi

Bhaskar da, Swami Ji gibi, mektubu tam olarak anlamıyordu. Ama Dada Ji'sinin ona büyük saygı duyduğu ve ona karşı büyük bir sevgi beslediği konusunda net bir fikre sahipti. Ayrıca dedesininentelektüel ve manevi seviyesinin anlayışından çok daha yüksek olduğunu fark etti. Torunu olmaktan gurur duyuyordu. Ashramın gönüllüleri de Swami Ji'nin kimseyle bu kadar uzun zaman geçirdiğini görmedikleri için onu özel görüyorlardı. Bhaskar, gönüllülerin tutumundaki değişimi de hissetti. Başlangıçta onunla yakınlık gösterenler şimdi ona büyük saygı duyuyorlardı. Yemekten sonra ona talep etmeden akşam yemeği ve bir fincan çay ikram ettiler.

Bhaskar akşam yemeğini yedi ve lobiye yerleştirilmiş şöminenin yanına oturdu. Ancak o zaman, Swami Ji lobiye geldi ve orada oturan herkes ona saygının bir sembolü olarak ayağa kalktı. Swami Ji, Bhaskar'ın yanına geldi, ona bir şal verdi ve çok şefkatle onu takip etmesini istedi. Ashramdan çıktı ve Bhaskar sessizce onu takip etti. Swami Ji ana kapıya ulaşır ulaşmaz, Bhaskar'dan şalını etrafına sarmasını istedi. Swami Ji'nin kendisi sadece pamuklu bir elbise giyiyordu. "Donma noktasının altındaki sıcaklıklarda yürümeye alışkın değilsiniz, bu yüzden bu soğuk çayırda soğuğun olumsuz etkilerinden kaçınmak için gerekli özeni gösterin" dedi. Bhaskar ona itaat etti ve onunla birlikte ashramdan çıktı.

Swami Ji onu çayırın kenarına götürdü ve parıldayan yıldızlarla dolu gökyüzünü gözlemlemesini istedi. Bhaskar, samanyolu çekirdeğinin net bir görünümü ile yıldızlı gökyüzünün muhteşem bir görüntüsünü elde etti.

Swami Ji kuzeydeki ufku işaret etti ve ona sordu, "O yıldızı tanıyor musun?"

Bhaskar, "Evet, bu kutup yıldızı ya da Dhruva Tara" dedi.

Swami Ji, "Dhruva efsanesinin farkında mısın?" dedi.

Bhaskar, "Evet" dedi.

Bhaskar daha fazla konuşmak istedi, ama Swami Ji sözünü keserek sordu, "Peki ya Kutup Yıldızı hakkındaki modern bilimsel teori?"

Bhaskar dedi ki, "Evet, eski Hint yazıtlarında, daha spesifik olarak, Puranas'ta, şiddetli kefaret yapan ve Lord Vishnu tarafından sabit Kutup Yıldızının yüce pozisyonuna atanan bir prens olan Dhruva'nın hikayesine rastlıyoruz. Ayrıca bizi coğrafi kuzeye işaret ettiğini ve Dünya'nın dönme ekseni ile aynı hizada olduğunu belirtmekte fayda var. Kuzey Kutbu'ndan bakıldığında izleyicinin başının hemen üstünde olacak şekilde konumlandırılmış."

Swami Ji gülümsedi ve konuştu, "Çok iyi. Dhruva, geleneksel Hindu evliliklerinde de çok önemli bir yere sahiptir. Bir gelinden, yeni yaşam yolculuğunda sağlam ve güçlü kalmak için ilham almak için Kutup Yıldızı'na bakması istenir. Dhruva, çocuk hikayelerinde de en popüler ve ilham verici efsanevi figürlerden biridir. Her çocuk Dhruva'yı görmek için bir merak geliştirir ve genellikle Polaris yıldızı efsanevi yıldız olarak gösterilir. "

Swami Ji devam etti, "Ama Puranalarımızda ve diğer kutsal yazılarımızda Kutup Yıldızı veya Dhruva Tara olarak tanımlanan yıldızın, insanların genellikle Dhruva olarak gördüğü Polaris yıldızı olmadığını biliyor musunuz? O zamanlar, Beta Ursa Minor, Kutup Skatranıydı, bugün ise Alpha Ursa Minor'u bu konumda görüyoruz. Modern astronomi son zamanlarda bunları buldu, ancak atalarımız bunu binlerce yıl önce biliyordu. Ben bile bunu modern astronomlardan önce biliyordum, Acharya Ji'nin bana elli yıl kadar önce bu kavramı açıkladığı gibi."

Bhaskar huşu içinde dinliyordu.

Swami Ji devam etti, "Saptarshi Mandal'a veya Büyük Ayı'ya bakın. Kuyruğa doğru sondan bir önceki yıldıza odaklanın. Güney Hindistan'da, Hindu evliliklerinde gelin ve damadın evliliklerinden hemen sonra bu yıldıza bakmalarının istenmesi eski bir gelenektir. Bu yıldıza Vashishtha denir ; Batılı gökbilimciler buna Mizar diyorlar. Peki, bu yıldızı evli bir çifte göstermenin amacı neydi? Eski bilginlerimiz bunun tek bir yıldız olmadığını biliyorlardı, ama onlar iki yıldızdı. Daha ziyade, her iki yıldızın da birbirlerinin etrafında döndüğü benzersiz bir ikili yıldız sistemidir ve yıldızlara Vashishtha ve Arundhati adını verdik. Arundhati, bilge Vashishtha'nın karısıydı. Bu yüzden şimdi, amaç açıktır ki, çiftte bir anlayış geliştirmeyi amaçlamıştır, karı koca arasındaki bir ilişki ikiz yıldızlara benzemelidir ve yaşamları birbirlerinin etrafında uygun bir şekilde dönmelidir, her ikisi de birbirleri için karşılıklı merkezler olarak olmalıdır, bu nedenle herhangi bir çarpışma olasılığı göz ardı edilmelidir. "

Bhaskar,çilecininbilgisinin derinliği karşısında büyülendi ve hayrete düştü. Modern dünyanın bir akademisyeni Swami Ji'nin bilgisinin bölünmüş bir kısmına bile sahip olsaydı, kendisini her disiplinde ustalığa sahip bir polimatın statüsü olarak ilan edeceğini düşündü.

Swami Ji, "Size astronomi hakkındaki tüm bu yazıları anlatma amacım, bilgimle sizi etkilemek ya da astronomi kariyerinizi sürdürmeniz için motive etmek değil. Size daha ziyade öz gurur duygusunun en yüce mutluluk olduğunu ve böyle bir ihtişama sahip olma ayrıcalığına sahip olduğumuzu söylemeyi amaçlıyorum. Atalarımız binlerce yıl önce Antares'in gökyüzündeki en büyük şey olduğunu biliyorlardı ve bu yüzden ona Jyeshtha adını verdiler. Dünyanın geri kalanının ilkel bir yaşam sürdüğü bir çağda ışık hızını hesapladılar. Bu nedenle, geçmişinizde bir zafer duygusu geliştirin ve zengin bir mirasın taşıyıcısı olma ayrıcalığını hissedin. Ne yapmak istediğinizi , hangi konuda iyi olduğunuzu, yetkinliğinizi neyin güçlendirdiğini, mizacınızı ve yeteneklerinizi neyin birleştirdiğini ve sizi neyin rahatlattığını seçin. İlgi alanınızı meslek olarak seçerseniz kendinizi asla yorgun hissetmezsiniz."

Bhaskar, "Evet efendim, size söz veriyorum, daha ziyade, hayatımı büyükbabam ve sizin gibi insanlar tarafından korunan, geliştirilen ve ilerletilen mirası koruma amacına adayacağımı ciddiyetle onaylıyorum" dedi. Bhaskar'ın yüzü, yemininin halesi ve bağlılığının sağlamlığı ile parlıyor gibiydi.

Swami Ji'nin yüzünde bir memnuniyet duygusu vardı. Dedi ki, "Artık oldukça geç. Yarın trekking yapmak zorundasın, bu yüzden bu gece iyi bir uykuya ihtiyacın var. Hadi geri dönelim."
Ve ashram'a geri döndü ve Bhaskar sessizce onu takip etti.

Teklif Adieu

Bhaskar ürpertici bir sabaha uyandı. Saat dokuzdu ve aceleyle yataktan ayrıldı. Sabahın geç saatlerine kadar hiç uyumadı. Tuvalete doğru koştu ve yirmi dakika içinde yeni güne girmeye hazırdı. Lobiye gitti ve bir gönüllü ona çay ve kahvaltı ikram etti. Kahvaltısını yaparken, Swami Ji'nin meditasyonda olduğunu öğrendi. Ayrıca Swami Ji'nin Bhojwasa'ya kadar kendisine eşlik etmesi için bir gönüllü görevlendirdiği söylendi. Ancak o zaman bir gönüllü ona geldi ve kendisini Bhojwasa'ya giden yolda ona rehberlik etme görevi verilen kişi olarak tanıttı. Gönüllü, mümkün olduğunca erken ayrılmanın daha iyi olacağını, çünkü geceden önce ashram'a dönmesi gerektiğini önerdi.

Bhaskar tavsiyesinin önemini fark etti ve kahvaltısını çabucak bitirdi ve ayrılmaya hazırlandı. Daha sonra, ona veda etmek için Swami Ji ile buluşmaya gitti. Swami Ji ona biraz nakit para ve başka bir mühürlüzarf içeren bir zarf verdi.

Swami Ji, "Bir zarf, Birla tapınağına yolculuğunuzun masrafları için fazlasıyla yeterli olacak beş gram altın değerine eşdeğer bir miktar içeriyor. İkinci zarf sana hitaben yazılmış bir mektuptur, ama yemin ederim ki onu ancak tapınağa ziyaretini tamamladıktan sonra açacaktırsın."

Bhaskar da aynı şekilde yemin etti ve sonra ona saygının bir ifadesi olarak Swami Ji'nin önünde secde etti. Swami Ji onu kutsadı ve mistik bir gülümsemeyle konuştu, "Bu meseleyi çözdükten sonra, Gangotri'yi bir kez daha ziyaret etmen gerektiğini düşünüyorum. Hala bekleyen bir taahhüdünüz var. Sanjana'ya orada anlattığın hikayenin gerçeğini anlatmalısın."

Bhaskar'ın yüzü, güçlü utanç ve rahatsız edici utangaçlığın bir karışımı olarak kırmızı bir belirti ile kızardı. Sadece, "Evet efendim, kesinlikle ailenizle buluşacağım ve gerçeği gizleme konusundaki çekincelerimle birlikte paylaşacağım" dedi.

Swami Ji tekrar gülümsedi ve konuştu, "Şimdi, tüm dünyevi bağlardan vazgeçtiğim için belirli bir ailem yok. Bütün dünya benim ailem. Sen benim için Sanjana'dan farklı değilsin. Ama onun kutsal yazıları iyi anlayan ve ayetleri bestelemek için doğal bir yeteneğe sahip harika bir kız olduğunu biliyorum. Eksikliğinizi iyi hale getirebilir. Allah ikinizi de korusun."

Sonra Bhaskar ondan ayrıldı ve odasından çıktı, ama Swami Ji'nin sözleri kulaklarında yankılanıyordu . *"Eksikliğini giderebilir."* Swami Ji'nin durugörüsüyle Sanjana'ya olan duygularını fark edebileceği fikrinden biraz utanmıştı. Ama sözleri Bhaskar'ın kalbini romantik bir fantezi ve mutluluk tonuyla doldurdu. Sanjana'nın onun için yaratıldığını ve kaderinin buluşmalarını planladığını hissetti. Birdenbire, göz kamaştırıcı güzelliği gözlerinin önünde parladı ve Sanjana'yı hayat arkadaşı olarak alacak kadar şanslı olması için Tanrı'ya dua etmeye başladı.

Tüm ashram personeli lobide toplanarak ona veda etti. Bhaskar hepsine ayrı ayrı teşekkür etti ve dönüş yolculuğuna devam etti. Bhaskar,Swami Ji'nin ona olan sevgisinin ashramda özel muamele ile sonuçlandığını fark etti. Bu kez, gönüllünün şirketi nedeniyle rota konusunda rahattı. Tapovan'ayaptığı yukarı doğru yolculuğu sırasında kendine çok güvendiğini fark etti ve daha sonra kendine olan güveni aşırı güven durumuna yükseldi ve onu buzulun kırılmaz bir labirentine attı. Ancak, aşırı güveni, damgaladığı ekstra millerle temizlendi. Ama hiç bu kadar rahat olmamıştı.

Gönüllü onu tekrar şaşırtan bir gerçeği ortaya çıkardığında yürüyüşün tadını çıkarıyordu. Gönüllü ona aynı hafta içinde ikinci kez trekking yaptığını söyledi. Önceki yolculuğu Gangotri'ye yaptığı yolculuktu, Swami Ji ona değerinin parasını satması ve getirmesi için küçük bir altın parçası gönderdi. Buna göre yaptı. Bu bilgi, Bhaskar'ın Swami Ji'nin geleceği öngörme konusundaki olağanüstü güçlerini fark etmesini sağladı. Swami Ji ile görüşmesinden önce böyle bir olaya inanamazdı, ama şimdi her şey açıktı ve hiçbir kanıta ihtiyacı yoktu.

Geri Çekilme

Haskar, Swami Ji'nin gönüllü tarafından tesisin yöneticisine verdiği referansın konukevinde kirasız bir oda edinmesine yardımcı olduğu Bhojwasa'ya ulaştı. Gönüllü ona geceyi konukevinde geçirmesini ve ertesi sabah Gangotri'ye gitmesini tavsiye etti. Gönüllüyekendisine rehberlik ettiği için teşekkür etti. Ayrıca gönüllüden Swami Ji'ye saygı ifadelerini ve personele minnettarlığını iletmesini istedi. Gönüllü daha sonra dönüş yolculuğu için ayrıldı.

Bhaskar, dışarıda kalmak için çok geç olduğunu hissedene kadar Himalaya vadisinin doğal güzelliğinin tadını çıkararak saatlerce etrafta dolaştı. Konukevine ulaştı, akşam yemeği yedi ve yatağa gitti. Şimdi, Bhaskar'ın son yirmi dört saatteki olayları gözden geçirmek için bazı gizlilik anları vardı. Swami Ji'nin durugörüsünü deneyimleyerek hayrete düşmüştü. Daha önce, bunu sahte bir bilim olarak görüyordu, ama şimdi, bariz olanın kanıta ihtiyacı yok. Bhaskar'ın Gangotri'deki Swami Ji'nin ailesine söylediği yalan da onun tarafından biliniyordu, ama yalan söylemesinden rahatsız değildi. Bunun yerine ona Sanjana'ya gerçeği söylemesi talimatını verdi. Swami Ji'nin "*Sanjana eksikliğini iyi yapabilir*" iddiası onun anlayışının ötesindeydi, ama ifade onu şaşırtmadı, aksine ona karşı kendine özgü bir yardımsever ilgi uyandırdı. Sanjana'nın hafızası kalbini mistik bir mutluluk duygusuyla doldurdu ve uyuyana kadar düşüncelerinde kayboldu.

Sabah hiç acele etmeden uyandı. Dönüş için hazırlandıktan sonra, konukevinden çıkış yaptı ve Gangotri'ye doğru yürüyüşüne başladı . Yolda başka turist bulamadı, ancak parkur açık ve önceki günkü yolculuğundan nispeten daha kolay olduğu için hiç zorlanmadan devam etti. Bu sefer kolaylıkla trekking yaptı, doğanın güzelliğine hayran kaldı ve birden fazla durak aldı. Akşam saat dört civarında Gangotri'ye ulaştı. İlk önce Yeni Delhi'ye giden gece otobüsünde yataklı bir rıhtım rezervasyonu yaptığı otobüs durağına ulaştı. Bunun yataklı vagonu olan tek otobüs olduğunu biliyordu. Bilet rezervasyonu yapıldığı için rahatladı ve hala çok zamanı vardı. Ayrıca Tapovan'a giderken fazla bagajını bıraktığı yatakhaneden eşyalarını almak zorunda kaldı. Bir süre dolaştı ve sonra yurda ulaştı. Orada bir saat dinlendi ve sonra tüm eşyalarıyla birlikte ayrıldı . Otobüs durağına giderken hafif bir yemek yedi. Otobüs durağına ulaştığında, otobüsünü orada dururken buldu. Çantasını bagaj bölmesine yerleştirdi ve sonra rıhtımını işgal etti. Kısa bir süre sonra otobüs ayrıldı ve Gangotri ve Sanjana'ya veda ettikten sonra uykuya daldı.

Terminusa Ulaşmak

Bhaskar Yeni Delhi'ye ulaştı. Otobüsten yeni inmişti ki, kendisini iyi bir ekonomik otele götürmeyi teklif eden birkaç taksi şoförü tarafından kuşatılmış buldu. Valizini taksi şoförüne teslim etti, taksi şoförü de onu ücretin yarısına iyi bir otele bırakacağına söz verdi. Taksi şoförüne yüzde elli indirim teklif etme nedenini sorduğunda, otellerin müşteri getirmek için onlara iyi bir komisyon ödediğini öğrendi. Taksi şoföründen onu temiz ve düzenli bir ekonomik otele götürmesini istedi.

Birkaç dakika içinde bir oteldeydi. Resepsiyonist ona otelin olanakları ve olanakları hakkında bilgi vermeye başladı. Bhaskar bütün bunlarla ilgilenmiyordu. Oteli temiz ve iyi yönetilen buldu. Böylece taksi ücretini ödedi ve check-in formalitelerini tamamladı. Misafir kaydına giriş yaparken Birla tapınağının otele uzaklığını ve tapınağın ziyaret saatlerini sormuştur. Resepsiyonist ona Birla Tapınağı'na taksiyle ulaşmasının en fazla yirmi dakika süreceğini söyledi ve tapınak öğleden sonra 13:30-14:30 saatleri arasında bir saat hariç, 04:30-21:00 saatleri arasında açık tutuldu. Bhaskar, sabah 8:00'i gösteren saatine baktı. Resepsiyonist bir hizmetçiye valizlerini taşımasını ve onu odaya yönlendirmesini söyledi. Bhaskar kısa sürede odasındaydı.

Gece otobüs yolculuğu onu yorgun ve bitkin bıraktığı için hızla yatağa tırmandı. Ama tapınağa ulaşmak için yaralı bir nefesle bekliyordu. Bu yüzden hızlı bir şekilde hazırlanmaya ve mümkün olan en kısa sürede oraya ulaşmaya karar verdi.

Bhaskar hazırlandı, resepsiyonda anahtarı teslim etti ve otelden çıktı. Bir taksiye bindi ve on beş dakika içinde Birla tapınağının giriş kapısındaydı.

Epifani

Bhaskar taksiden iner inmez, tapınağın ihtişamınıfark etti. "Shri Laxmi Narayan Tapınağı" tapınağın ana kapısında yazılıydı. Tapınağı gören Bhaskar, kalbinin hızlı attığını hissetti. Çok geniş bir alana yayılmış ve tüm kampüsü doğal güzelliklerle dolu olan tapınağa girdi. Bhaskar,tapınağın Nagara tarzı mimarinin olağanüstü bir örneği olduğunu fark etti. Enfes çeşmeler, dini ve ulusal ruhu tasvir eden güzel kopyalar ve heykeller, Hindu dininin efsanevi hikayelerini sergileyen duvar resimleri ve kanonik metinleri sergileyen duvarlarla tüm kompleksin mimarisi ve güzelliği ile boğuldu.

Bhaskar, Lord Vishnu ve Tanrıça Lakshmi'nin yaşam benzeri putlarını barındıran devasa bir salon olan ana tapınağın kutsal alanına ulaştı. Ona büyükbabasının odasındaki fotoğrafı hatırlatan putların olağanüstü güzelliği ve çekiciliği karşısında dehşete düştü. Tapınakta, salondaki hemen hemen her şeyi tam ve dikkatli bir şekilde gözlemleyecek kadar süre kaldı.

Salondan yeni çıkmıştı ki, bir grup ziyaretçiye hitap eden ve onlara tapınağın zirvesinin yüksekliğini anlatan bir rehber gördü. Meraktan, ana tapınağın kulesinin zirvesine de baktı.

Gördükleri karşısında şaşkına döndü. Heyecanla çığlık attı, "Aman Tanrım! Aynen öyle." Kalbi daha hızlı atmaya başladı. Tüm dünyanın döndüğünü hissetti. Bhaskar yere baktı ve gözlerini kapatmak istedi. Gözlerini kapatır kapatmaz, sanki her tarafta yüzlerce deniz kabuğu kabuğu çınlıyormuş gibi hissetti. Başının döndüğünü hissetti ve kendini ayakta duramayacak kadar güçsüz buldu. Tüm gücünü topladı ve bir şekilde yakındaki ziyaretçinin bankına ulaşmayı başardı. Rüyasında ortaya çıkan yapı gerçekte onun önündeydi. Tüm rüyayı gözlerinin önünde bir film gibi belirerek yaşadı. Ter damlaları yüzünden aşağı yuvarlanıyordu ve sanki uçuyormuş gibi hissediyordu. Daha önce hiç böyle bir deneyim yaşamamıştı. Kalp durmasından ölmekten korkuyordu. Gözlerini kapattı ve bankın üzerine uzandı. Bir süre sonra normal hissetti ve gözlerini açtı. Nadirdeki gücünü geri kazanmaya çalışıyordu. Cebinden bir mendil çıkardı ve yüzünü sildi. Sonra etrafına baktı, ama olağandışı bir şey görmedi. Cesaretini tekrar topladı ve tapınağın tepesine doğru baktı. Bu, rüyalarında görünen aynı binaydı. Tekrarlayan rüyasında binaya sadece anlık bir bakış atıyordu, ve bu nedenle yapıyı tanımlayamadı.

Şimdi Bhaskar kendi üzerinde kontrol sahibi oldu ve zihni de normal şekilde çalışmaya başladı. Böylece, çok geçmeden, binanın tamamenaynı olduğunu fark etti, ama rüyasında, başka bir yerde duruyordu. Rüyasında olduğu gibi tapınağın benzer açısal görüntüsünü alabileceği yeri belirlemeye çalıştı. İlerliyor, tahmin ediyor ve kesin yeri bulmak için hesaplamalarını yapıyordu. Tesislerde birçok noktaya ulaştı ve tapınağın zirvesini oradan gözlemledi, ancak tatmin olmadı. Sanki rüyayı doğru bir şekilde hatırlayamıyormuş ya da çok basit hesaplamalar yapamıyormuş gibi hissediyordu. Sanki tüm yetenekleri onu dışlamış gibi hissetti. Ancak, çok geçmeden, tüm bu tahribatın aşırı endişe ve duygusal türbülansın bir sonucu olduğunufark etti.

Hayal kırıklığına uğramış ve iğrenmiş hissediyordu. Ancak o zaman, büyükbabasının sloganını hatırladı, *"İşler kontrolünüz dışında göründüğünde, şüphesiz ve sonuçlarını düşünmeden her şeyi Tanrı'ya bırakın."*

Her şeyi unutmaya ve Tanrı'ya güvenmeye karar verdi. Dikkatini büyükbabasının gezisine sponsor olduğu gerçeğine odakladı ve talimatlarına göre tapınağı çok keskin bir şekilde gözlemlemesi bekleniyordu. İlk önce yapması gereken şey bu.

Bhaskar zaten ana tapınağı ziyaret etmişti, bu yüzden yürüdü ve sırasıyla Lord Krishna, Lord Shankar ve Tanrıça Durga'nın tapınaklarını ziyaret etti ve tüm manzaraları, duvar resimlerini ve dini metinleri büyük bir dikkat ve dikkatle gözlemledi. Ama ne bir şey anlayabiliyordu ne de özel bir şey görüyordu. Binaya yerleştirilen tüm putları, eserleri ve kopyaları hakkında bir dakikalık bir gözlem yaptı. Yaklaşık üç saattir tapınak binasındaydı ve neredeyse her şeyi görmüştü. Şimdi o da boş duvarlara bakıyordu. Ve sonra, duvarlardan birinde bir yazıt gördü. Okumaya başladı ve metnin ilk satırlarıyla tüyleri diken diken oldu. Çabucak okudu ve tekrar tekrar okudu. Şimdi tüm sorularına cevapları vardı. Yani, burası büyükbabasının ulaşmasını istediği yerdi. Bu büyükbabasının planıydı. Şimdi aklında hiç şüphe yoktu. Neredeyse bir ayın karmaşasının sonu ve tüm soruların cevaplarının anahtarı kırmızı bir taşın üzerinde yatıyordu.

Yazıtta şöyle yazıyordu:

Komut Dosyası Gönder

Jyeshtha Shukla 1stSamvat 1998 tarihinde, 27^{Mayıs} 1941 tarihli, Birla House, Yeni Delhi, Bay Pt. Krishnapal Sharma, önümüzde duran bir Tola cıvasından yaklaşık bir Tola altını yaptı. Cıva bir sabun somununa konur. Tanımlanamayan bir bitkinin beyaz bir tozu ve ağırlığı bir veya bir buçuk Ratti olmak üzere zor olan sarı bir toz cıvaya kondu. Daha sonra sabun somunu kil ile kapatıldı ve daha sonra birbirine birleştirilen *iki toprak lamba ile sarıldı ve ateşte tutuldu.* Yangın, bir saatin yaklaşık dörtte üçü boyunca sürekli hava üfleme ile alev aldı. Kömür yanarak kül olmaya başladığında, suya salındı. Lambaların zarfından altın döküldü. Tartıldığında, altın bir Tola'dan daha az bir Ratti'ydi. Saf altındı. Prosedürün sırrının ne olduğunu ve bu iki tozun ne olduğunu bilmiyorduk. Pandit Krishnapal tüm faaliyetleri yürütürken bizden on-on beş fit uzakta durdu. Şu anda, Bay Amrutlal V. Thakkar (Harijan Sevak Sangh Başbakanı), Bay Goswami Ganesh Dutt Ji Lahor, Birla Mill Delhi Sekreteri Bay Sitaram Khemka, Baş Mühendis Bay Wilson ve Viyogi Hari hazır bulundu. Olayı görünce hepimiz şaşırdık. Bay Seth Jugal Kishore Birla bize tüm süreci izleme fırsatı verdi.

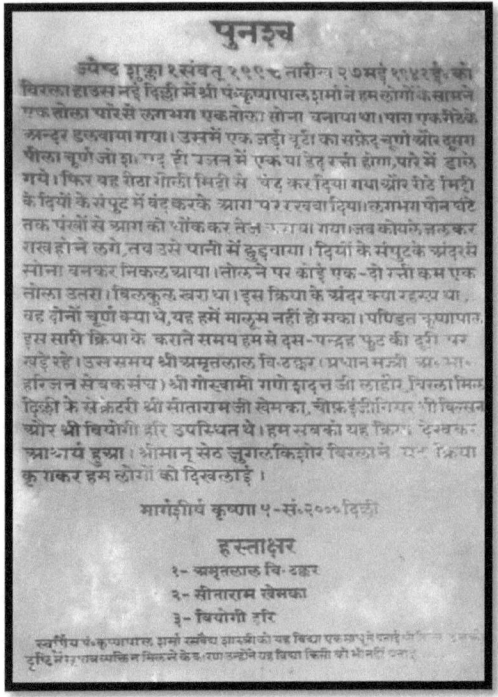

Margshirsh Krishna 5, Samvat 2000, Delhi

İmza

1: *Amrutlal V Thakkar* 2: *Sitaram Khemka* 3: *Viyogi Hari*

Geç Pt. Krishnapal Sharma Rasvaidya Shastri bu yöntemi bir münzeviden öğrendi, ama yöntemi kimseye iletmedi çünkü hak eden bir kişi bulamadı.

Yazıtı okumak, Bhaskar için bir epifani olduğunu kanıtladı. Şimdi her şey onun için anlamlı görünüyordu: sabun üzümü kabuklarıyla dolu bir kutu, toprak lambalar, bir çuval kil, bir şişe cıva ve sarı ve beyaz tozlar içeren titizlikle paketlenmiş deri keseler. Büyükbabası her şeyi, hatta önemsiz şeyleri bile, herhangi bir malzeme arayışında koşuşturmayı dışlamak için kolaylaştırmıştı. Ayrıca, büyükbabasınınmektubu o kadar zekice hazırladığını ve Swami Ji gibi büyük bir alimin bile gerçek mesajı tahmin edemediğini fark etti.

Sonra cıvanın ağırlığının yedi Ser olduğunu ve Simyacıların Davranış Kurallarına göre, bir simyacının en fazla yedi Ser altına kadar bir dahiye sponsor olabileceğini hatırladı. Büyükbabası ona yardım etmişti ama Simyacıların Davranış Kurallarının hiçbir kuralını ihlal etmemişti. Şöyle düşündü:

"Bana altın yapma yöntemini söylemedi çünkü bu tozların ne olduğunu bilmiyorum. Ve kurallara göre, otuz yaşına gelmeden önce bana sırrı söyleyemezdi."

Büyükbabasının onadoğrudan büyük miktarda altın bağışlamayı planlayabileceğini fark etti, ancak Simyacıların Davranış Kurallarına göre, büyükbabası onu teste tabi tuttu. Testi geçtikten ve kriterleri yerine getirdikten sonra, ancak o zaman ödüllendirildi. Bütün bu kurgu bu çile için sadece bir çerçeveydi. Büyükbabasının kutsal ideallerine ve normlarına büyük hayranlık duyuyordu. Şimdi, Bhaskar, büyükbabasının insanlar tarafından ilahi bir figür olarak görülmesinin nedenini açıkça anladı. Soyuna doğduğu için kendini şanslı görüyordu.

Bhaskar gökyüzüne baktı ve konuştu, "Dada Ji, tüm sorunları çözdün. Sadece benim için çok şey yaptın. Yirmi yıl önce, bugün bunu planladınız ve uyguladınız. Sen olağanüstü ve eşsizdin. Hayır, hayır, kendimi düzeltmeme izin verin. Siz istisnai ve eşsizsiniz çünkü şu anda bilincinizi hissedebiliyorum ve burada olduğunuzu biliyorum. Seni etrafımda hissedebiliyorum."

Ancak o zaman Bhaskar, birinin kulağına geriye bakmak için fısıldadığını hissetti. Kimse yoktu. Bhaskar geriye baktı ve tapınağın zirvesini gördü. Şimdi doğru yerde duruyordu. Tam olarak rüyasında gördüğü tapınağın aynı manzarasını görebildiği aynı açıdan.

Bhaskar omuzlarından ağır bir yük kalkmış gibi hissetti. Seçtiği kariyeri seçebildiği için çok mutluydu. Artık kendisi veya ailesi için maddi bir sorun olmayacaktı. Şimdi ailesi zengin olacaktı. Annesi için altın bilezikler getirir ve babasının tüm borçlarını geri öderdi.

Bhaskar aniden zihninde ortaya çıkan yakıcı bir sorunun titremesini hissetti. "Bütün bunlar babasının, oğlunun etkili bir devlet işinde çalışması için dileğinden vazgeçmesine neden olacak mı?" diye düşündü. Biraz üzerinde düşündü. Hayır, asla, babası onu büyüttü ve finansal yeteneklerinin ötesinde bir eğitim aldı. Babasının tek tutkusu, oğlunun para, güç ve tanınma sunan kazançlı bir iş bulmasıydı. Babası ona istediği her şeyi yapması için izin verebilirdi, ancak hayatınıyönlendiren birincil arzudan vazgeçemezdi. Kasvetli bir huzursuzluk Bhaskar'ın kalbini ve zihnini sardı. Aldığı her şeyin işe yaramaz hale geldiğini ve tüm çabalarının boşuna olduğunu hissetti.

Az önce aldığı iyilikleri unuttu. Mağara Baba, Shastri Ji, simyacı ve Swami Ji gibi bilgili ruhsal azizler ve bilginlerle yaptığı toplantıların boşuna olduğunu hissetti. Sanjana ile hiç tanışmamış olsaydı daha iyi olacağını düşündü. Swami Ji'nin ona ayet besteleme konusundaki doğal yeteneği hakkında büyük bir sevgiyle söylediklerini hatırladı. Mutluluğun aniden onu terk ettiğini düşünerek endişeli hissetti.

Birdenbire, her zaman sıkıntılarına her derde deva olduğunu kanıtlayan aynı ifadeyi hatırladı: *"İşler kontrolünüz dışında göründüğünde, şüphesiz ve sonuçlarını düşünmeden her şeyi Tanrı'ya bırakın."* Dikkatini, babasının fikrini dönüştürmek için Tanrı'ya dua etmeye odaklamaya çalıştı. Ama babasının inatçı arzusundan vazgeçebileceğini hayal etmekte bile çok zorlandı. Her şeyi şüphesiz ve sonuç hakkında endişelenmeden Tanrı'ya bırakmanın daha iyi olduğunu tekrar doğruladı. Durumu Tanrı'nın merhametine bıraktığı her seferinde, mucizevi sonuçlar aldığına dair kendini temin ederek kendini teselli etti.

Shastri Ji'yi ararken ormanda ve yolunu kaybettiğinde buzulda, Tanrı'nın merhameti her seferinde üzerine yağdı. Bununla birlikte, şüpheler hala zihninde titriyordu, ama onları sıkıca reddetti.

O , *"Eğer bir şey Tanrı'ya bırakılırsa, o zaman onun hakkında ya da olası sonuçları hakkında düşünmeye gerek yoktur. Tanrı ne yaparsa yapsın, iyilik içindir."*

Dikkatini bu kafa karıştırıcı düşüncelerden uzaklaştırmak için, Bhaskar başka bir şey düşünmeye çalıştı . Ancak o zaman büyükbabasından mühürlü bir mektup aldığını hatırladı ve okumaya çok meraklıydı. Ama bütün bu telaşlı olaylar arasında mektubu unutmuştu. Yakındaki bir bankta oturdu ve zarfı açtı.

Mektupta şunlar yazıyordu:

Sevgili Bhaskar,

Eğer bu mektubu okuyorsanız, sizin için kutsama olarak sakladığım şeyi zaten bulmuşsunuzdur. İlgi alanlarınızı takip etmenizi sağlayacak ve ailenizin finansal sorunlarını ortadan kaldırmanız ve yeteneğinizin büyümesine ve mükemmelliğe çiçek açmasına izin vermekiçin size uygun koşullar sağlamanız için fazlasıyla yeterli olacaktır. İstediğiniz gibi harcayabilirsiniz çünkü yeteneklerinizi kanıtlayarak elde ettiniz.

Babanızın size karşı büyük bir sevgi ve şefkat duyduğunu anlamalısınız. Ama onun mutlu bir yaşam algısı benimkinden farklı. Ancak, algısı için suçlanamaz. Gençliğine kadar temel olanaklardan ve olanaklardan yoksun kaldı ve bir çocuğun ve ergen zihninin endişelerini görmezden gelmek benim suçumdu . Uzun süreli bir yoksunluk, onu peşinden koştuğum yaşam tarzına karşı bir isyancı yaptı.

Onun deneyimleri, sizin aracılığınızla yerine getirilmemiş tüm özlemlerini materyali s e ve realise için yolu açtı. Algısı o kadar güçlendi ki, onu iletişim yoluyla ikna etmek imkansız. Yaşam felsefemin bir takipçisiyle görüşmeyi asla kabul etmeyecektir, çünkü yolumun yoksulluğa, yoksunluğa ve yoksunluğa yol açtığını düşünmektedir. Her halükarda, alternatif bir arayıştan benzer sonuçlara tanık olana kadar sizin için hırslarından kaçınmayacaktır.

Böylece, büyükbabanızın odasından başlayıp çeşitli yerlere giden ve daha sonra aynı odada doruğa ulaşan yolculuğunuzun büyüleyici bir deneyim olacağını düşünüyorum.

Sen harika bir hikaye anlatıcısısın. Yaşadığınız tüm içsel deneyimlerin, derslerin ve derslerin yanı sıra çeşitli yerlerdeki olayların ortamlarının ilk çalışmanız için uygun bir komplo olduğunu düşünmüyor musunuz? Eve vardığınızda, yalnızlık içinde oturun ve tüm düşüncelerinizi, deneyimlerinizi, olaylarınızı, izlenimlerinizi ve öğrendiklerinizi hatırlayın. Sonra ilk çalışmanızı oluşturmak için onları kaleme alın. Zaten iyi olduğunuz şey budur.

Tüm deneyimlerinizi ilginç bir hikaye olarak örün. Umarım yeteneğiniz ve yazma yeteneğiniz büyük bir başarı ile sonuçlanır. Ve erken başarı yaratma yeteneğinizin bir gösterimi, farklı bir ilgi alanını takip etmek için babanızın iyiliğini kazanmanın tek yolu olacaktır. Benzer veya daha iyibaşarılar getirebilecek birçok çalışma alanı olduğunu fark ettiğinde, sizinle kolayca aynı fikirde olacağını düşünüyorum.

Unutmayın, dünya mücadelecileri desteklemiyor, aksine onları düşmeye itiyor. Yeteneklerinizi göstermeniz ve değerinizi kanıtlamanız gerekir ve sonra onurlandırılacak, sevilecek ve hoş karşılanacaksınız.

Son olarak, aldığınız şey benim torunum olduğunuz için bir lütuf ya da lütuf değildir. Doğumunuzu, kastınızı, yaşınızı ve soyunuzu dikkate almadan sizi entelektüel mirasçım olarak ilan etmeyi tercih ederim, çünkü omuzlarınızın mirasımızı güvenli bir şekilde taşıyacak kadar güçlü olduğunu ve zekanızın ihtişamını artıracak kadar parlak olduğunu düşünüyorum.

Kutsamalarla,
Puşkar Dixit

Bhaskar'ın görüşü, gözlerindenyaşlar süzülürken bulanıklaştı. Son derece duygusaldı, büyükbabasının ona olan sevgisini ve bakımını hissediyordu. Ayrıca büyükbabasıyla gurur duyuyordu . Büyükbabasının yaptığı ve uyguladığı plan karşısında şaşkına dönmüştü. Büyükbabasının sahip olduğu olağanüstü yeteneklerifark etti vekabul etti, bu da büyük Hintli ustaların mirasının sadece bölünmüş bir bölümünü ortaya çıkardı. Bhaskar,kaderine ulaşmasını sağlayan bir ana plan olduğunu fark etti. O sadece atanan role göre hareket eden bir karakterdi ve her şey ona bir tesadüf olarak geldi. Bir yerden diğerine taşınmak dışında hiçbir şey yapmadı. Sonra tüm komplonuno kadar iyi örülmüş olduğunu fark etti ki, kendi adına başka bir eyleme yer yoktu. Sadece bu yüzden Shastri Ji, Simyacı, Aghori münzevi, Swami Ji ve Sanjana gibi olağanüstü kişiliklerle tanışabildi. Bhaskar, hayatınıntüm sorunlarının ve zorluklarının ortadan kaldırıldığını fark etti ve şimdi başka bir görevi vardı: büyükbabasının sağladığı tüm destekle onun için bir pasta yürüyüşü olacak olan kaderini ele geçirmek. Aniden, Shastri Ji'nin ona söylediklerini hatırladı . *"Büyükbaban kaderini tasarladı."* Bhaskar açıklamayı tamamen kabul etti.

Bhaskar, aldığı en değerli armağanın, sahip olacağı altın miktarının değil, eski Hint bilgi geleneğinin istisnai başarılarının gerçekliğinin doğrulanması olduğunu fark etti. Onları rasyonel olarak ilan eden ve Hint bilgi geleneğini sahte bilimlerin bir koleksiyonu olarak etiketleyen birkaç kişiyle karşılaştığında sayısız olayı hatırladı. Birçok durumda, kendisi çeşitli çalışma dallarına yönelik Hint yaklaşımından şüphe duyuyordu. Aslında, Hintli bilim adamlarının başarıları zamanlarının son derece ilerisindeydi ve bu nedenle kitleler tarafından anlaşılamayacak kadar bilimseldi. Böylece, bu büyük ustalar, uyumu sağlamak için, kavramları dini ve sosyal uygulamalara dönüştürdüler. Daha sonra, uygulamalar çarpıtıldı ve temel amaçtan saptı ve zaman geçtikçe tamamen farklı geleneklere dönüştü. Şimdi, Bhaskar vizyonunun daha da netleştiğini hissetti ve geçmişin bu görkemli başarılarını kendiliğinden kavramak için bir içgörü kazanıyordu. Mağara Baba'nın ne dediğini hatırladı, *"Bilim duyuları aşamaz ve dil sessizliği ifade edemez."* Onunla aynı fikirdeydi ve tüm büyük Hintli ustaların insan sınırlarını aşan bilgide zafer kazandığına inanıyordu.

Tüm çabalarının doruk noktası onu kendinden geçirmişti ve bu yüzden dokuzuncu bulutun üzerindeydi , ama ayakları yere sağlam basıyordu. Kendisine, hayatını çağdaş toplumların başarılarından çağlar önce gelen eski Hint bilgisinin ihtişamını restorasyon amacına adayacağına dair bir taahhütte bulundu.

Bir güvenlik görevlisi ona yaklaşıp tapınağın bir saatliğine kapatılacağı için binadan ayrılmasını isteyene kadar duygu ve hisler okyanusunda yüzüyordu. Bhaskar mektubu cebinde tuttu ve bir düşünceyle ana kapıya doğru yürüdü.

"Sanjana, yakında sana geleceğim."

Yazar Hakkında

S. P. Nayak

S. P. Nayak, Madhya Pradesh Hükümeti Teknik Eğitim Bölümü altında Nowgong Devlet Politeknik Koleji ile İletişim Becerileri fakültesinde kıdemli öğretim üyesi olarak çalışmaktadır. Gwalior'daki Jiwaji Üniversitesi'nden İngiliz Edebiyatı mezuniyet sonrası Altın Madalya sahibidir. Ayrıca öğretim üyeleri için Cambridge TKT sertifikasına sahiptir. Akademisyenlerde on dört yıldan fazla deneyime sahip olan Sönmez, ICFAI, Max New York Life vb. gibi birçok kuruluşla çeşitli yerlerde Yumuşak Beceriler Eğitmeni, Eğitim Yöneticisi ve Yerleştirme Koordinatörü sıfatıyla ilişkilendirilmiştir. The *Times of India* ve *The Wire*'a sık sık katkıda bulunmuştur.

www.ingramcontent.com/pod-product-compliance
Lightning Source LLC
LaVergne TN
LVHW041848070526
838199LV00045BA/1501